Aqueles olhos verdes

José Trajano

Aqueles olhos verdes

ALFAGUARA

Copyright © 2021 by José Trajano

Grafia atualizada segundo o Acordo Ortográfico da Língua Portuguesa de 1990, que entrou em vigor no Brasil em 2009.

Capa
Joana Figueiredo

Foto de capa
Acervo: Museu de História Regional de Rio das Flores

Todos os esforços foram feitos para reconhecer os direitos autorais da imagem. A editora agradece qualquer informação relativa à autoria, titularidade e/ou outros dados, se comprometendo a incluí-los em edições futuras.

Preparação
Fernanda Mello

Revisão
Camila Saraiva
Marise Leal

Dados Internacionais de Catalogação na Publicação (CIP)
(Câmara Brasileira do Livro, SP, Brasil)

Trajano, José, 1946-
  Aqueles olhos verdes / José Trajano. — 1ª ed. —
Rio de Janeiro : Alfaguara, 2021.

  ISBN 978-85-5652-118-7

  1. Ficção brasileira I. Título.

21-58735   CDD-B869.3

Índice para catálogo sistemático:
1. Ficção : Literatura brasileira   B869.3
Aline Graziele Benitez – Bibliotecária – CRB-1/3129

[2021]
Todos os direitos desta edição reservados à
EDITORA SCHWARCZ S.A.
Praça Floriano, 19, sala 3001 — Cinelândia
20031-050 — Rio de Janeiro — RJ
Telefone: (21) 3993-7510
www.companhiadasletras.com.br
www.blogdacompanhia.com.br
facebook.com/editora.alfaguara
instagram.com/editora_alfaguara
twitter.com/alfaguara_br

Para João, Bruno, Marina e Pedro, meus filhos.
Para Leila, Cássia, Cora, Luca
e Maria Luísa, meus netos.
Para Rosana Miziara, minha amada.

Tudo o que eu mais sei sobre a moral e as obrigações do homem devo ao futebol.
Albert Camus, goleiro do Racing de Argel e prêmio Nobel de literatura em 1957

Gostaria de agradecer a Daniela Duarte,
Rosana Miziara, Renée Zicman, João Máximo,
Marcelo Ferroni, Renato Akerman,
Roberto Salim, Serginho Franco e Octávio Costa.

Quem passa pela BR-135 RJ, estrada que liga as cidadezinhas de Andrade Pinto e Rio das Flores, no Sul Fluminense, encontra depois de poucos quilômetros o bar do Genésio. É fácil achar. Tem cinco degraus largos e descascados na frente, varanda com vasos de samambaias de um lado e um viveiro estreito, com galinhas, patos e perus, do outro. Parece filme de mocinho. Do lado de fora, um tronco para que as pessoas amarrem seus cavalos e um riacho ao largo.

Do outro lado da estrada, no sentido Rio das Flores, há um discreto santuário em redor de um túmulo que nunca cedeu. É o túmulo da escrava Tereza, que, leprosa, perambulava por ali e morreu debaixo da bela e frondosa castanheira que até hoje sombreia o lugar. Foi escrava na fazenda da Forquilha, a poucos passos dali.

Ao lado do túmulo caiado de branco e sempre bem cuidadinho, há dois pedaços de pau em forma de cruz com a inscrição:

JOSÉ IGNÁCIO DOS REIS morreu aqui.
O futebol deve muito a ele!

O futebol deve muito a ele? Estranho, né?
Fui atrás dessa história, que agora vou contar.

Pontapé inicial

Antes de mais nada, é preciso esclarecer que o golpe integralista foi organizado pela embaixada alemã. Os brasileiros serviram apenas como instrumentos de um plano que visava entregar o país ao governo alemão. Naturalmente, se não fosse o auxílio dos agentes alemães, eles jamais o teriam realizado, pois não tinham capacidade nem coragem para tal.
Getúlio Vargas

Era dia 26 de janeiro de 1938. Zé Reis estranhou quando o irmão mais velho, Vicente Meggiore, dono da Patioba, uma fazendinha que ele administrava em Seropédica, no km 47 da estrada Rio-São Paulo, telefonou bem cedo e pediu que ele fosse até a sua casa em Copacabana, no posto 6, para assistir ao último Fla-Flu do campeonato, que seria no estádio das Laranjeiras. Pediu também que dormisse lá, levando roupa suficiente para uma viagem de alguns dias, que começaria na manhã do dia seguinte.

Zé Reis achou esquisito porque Vicente não ligava para futebol.

Ao contrário dele, que era torcedor fanático do América por causa do Carola, cérebro do time americano nos títulos de 1931 e 1935; que assistia aos jogos do Campo Grande na Liga Suburbana; que era técnico do Rio-São Paulo Futebol Clube, time amador de onde morava; e que aos sábados ia para Copacabana jogar futebol de praia ao lado de João Saldanha, Sandro Moreyra, Sérgio Porto e Heleno de Freitas.

A paixão pelo futebol o fazia pegar a barca da Cantareira até Niterói para acompanhar o incrível jovem meia-direita Thomaz, do pequeno Byron, que disputava a Liga Fluminense contra esqua-drões de várias cidades do estado do Rio. E viajar à minúscula Quatis, distrito de Barra Mansa, para assistir a partidas do menino Jair, que, apesar de ser franzino e de canelas finas, tinha um canhão no pé esquerdo.

Zé Reis era louco por futebol! Lia avidamente o recém-lançado *Jornal dos Sports* e sabia na ponta da língua a escalação de todos os times, inclusive do Andaraí, Vila Isabel, Helênico, Syrio e Lybanes (onde começou Leônidas da Silva), Mangueira e Mavillis, que fecharam as portas algum tempo atrás.

Gordinho, não jogava bem, mas não lhe fal-tava raça e era um esforçado zagueiro. Ele gostava mesmo era de ser técnico e de conversar sobre futebol.

O Fluminense, de Romeu, Tim e Hércules, trio de atacantes que poucos meses depois jogaria a Copa do Mundo na França, conquistou o bicampeonato Carioca de 1937, disputando partidas em janeiro de 1938. Era praxe o campeonato de um ano terminar no início do ano seguinte. O tricolor ficou com o título por antecipação e o clássico contra o Flamengo serviria apenas para cumprir tabela.

Por que Vicente queria assistir à partida? Ele não estava nem aí para futebol!

Zé Reis gostou do convite, porque não tinha preço para ele assistir a um Fla-Flu recheado de craques — Tim, Romeu, Batatais e Hércules pelo Fluminense e Domingos da Guia, Fausto e Leônidas da Silva pelo Flamengo.

Ver Leônidas jogar era tudo o que o amante do futebol podia desejar. Getúlio Vargas, "o pai dos pobres", Orlando Silva, "o cantor das multidões", e Leônidas, "o diamante negro", eram os ídolos da nação.

Zé Reis entrou com o velho Chevrolet na garagem da mansão de Vicente a tempo de tomar café. Ele gostava de ir à casa do irmão porque Gertrudes, a esposa de Vicente, uma alemã de encantadores olhos azuis, produzia banquetes matinais: waffles com geleias, creme de leite e manteiga, pães doces, tortas, cucas, ovos mexidos, iogurtes e sucos. Delícias que não pousavam na mesa de um solteirão como ele, que já havia passado dos trinta, mas não queria saber de casar. Apesar de baixinho e acima do peso, era um senhor namorador, e as mulheres se encantavam com os imensos olhos verdes e os causos que contava, um proseador de primeira.

Vicente não esmiuçou detalhes da viagem, disse apenas que iriam a um lugarejo perto de Valença e fariam o percurso pela serra de Petrópolis, onde pernoitariam em sua mansão no bairro do Bingen.

O Fla-Flu serviu para Vicente encontrar o amigo do peito Laís, milionário como ele, diretor do clube e tricampeão como jogador nos anos 1917, 1918 e 1919. Eles chegaram a ser sócios e fizeram muitos negócios.

Durante a partida, enquanto a torcida tricolor vibrava com a habilidade de Tim e Romeu e a rubro-negra com a genialidade de Leônidas da Silva, Domingos da Guia e Fausto, a Maravilha Negra, Vicente e Laís deixaram Zé Reis sozinho nas cadeiras e desapareceram.

Zé Reis ficou ainda mais desconfiado.

No intervalo da partida, Zé Reis traçava apetitosos apfelstrudels preparados por Gertrudes, quando enxergou ao longe o irmão acompanhado de Laís do outro lado do campo, debaixo das arquibancadas, perto de uma porta contígua ao Palácio Guanabara, vizinho do estádio.

O Fla-Flu terminou em 1 a 1, gols de Leônidas e Sandro, com os jogadores do Fluminense dando uma volta olímpica pela conquista do bicampeonato e exibindo aos torcedores uma belíssima taça. Do lado rubro-negro os rumores eram de que o técnico húngaro Dori Kürschner seria mandado embora. Vicente e Laís reapareceram nessa hora.

Zé Reis não perguntou nada ao irmão quando voltavam de carro para casa. No caminho, Vicente puxou conversa:

— Não sabia que era tão fácil passar do estádio para o palácio onde mora Getúlio. Apenas uma porta de ferro os separam.

Zé Reis ficou mais desconfiado ainda com a fala do irmão. O que estaria tramando?

Eles pouco se encontravam e, nos últimos telefonemas, Zé Reis havia notado nervosismo na voz de Vicente, a fala um tom acima do normal. Logo ele, um sujeito educado e gentil. Não era para menos. Vicente Meggiore, braço direito de Plínio Salgado na Ação Integralista Brasileira, na qual era secretário nacional de finanças, não se conformava com a extinção da AIB e a decretação do Estado Novo.

Custavam a acreditar que Vicente Meggiore e Zé Reis fossem irmãos!

Vicente era espigado, louro, tinha olhos azuis, rosto comprido, traços finos. Zé Reis era baixinho, gordinho, tinha cabelos pretos, olhos verdes e cara de bolacha. Os sobrenomes eram diferentes. Vicente, Meggiore, e Zé Ignácio, Reis. Eles garantiam ser filhos da mesma mãe, dona Matilde, mineira de Juiz de Fora. O pai de Vicente, Giácomo, italiano de Gênova, e o de Zé Reis, Antônio, português de Aveiro. Vicente nasceu em Juiz de Fora e Zé Reis, em Matias Barbosa, cidades próximas. Vicente era dez anos mais velho.

Zé Reis não gostava do envolvimento do irmão com os *camisas-verdes*, sabendo que era figura de proa do movimento, mas como dependia dele para sobreviver, não se metia a dar palpites. Vicente, influente, poderoso, o ajudava desde menino. Agradecido, Zé Reis demonstrava lealdade, pois todos os empregos que conseguiu lhe foram arranjados por ele.

O pai de Zé Reis, o português Antônio, morreu quando ele tinha dez anos e vivia com a mãe e três irmãs mais velhas. Vicente tinha um bom emprego como contador de uma firma norte-americana e ajudou como pôde os irmãos e a mãe viúva. Pagava escola, comprava roupas e mantimentos. Nunca os deixou passar dificuldades em Matias Barbosa, onde a família por parte da mãe morava em uma pequena e desajeitada chácara.

Diziam que a fortuna acumulada por Vicente começou a ser construída quando uma riquíssima viúva alemã, sem filhos ou parentes, deixou todos os bens para ele, contador e administrador de seus negócios.

Zé Reis não discutia política com Vicente, pois gostava de Getúlio, detestava Plínio Salgado e admirava Luiz Carlos Prestes. Nada a ver com as ideias do irmão.

Rasteira no Plínio

O ano de 1938 começou com intensa preocupação sobre os rumos do Estado Novo. Por quanto tempo Getúlio, o Gegê, iria se manter no poder?

Ao apagar das luzes do ano anterior, em 10 de novembro, Getúlio fechou o Congresso, no Palácio Monroe, Cinelândia, colocou a polícia nas ruas e comandou o golpe, chamando-o de Estado Novo e mandando para a cucuia a esperada eleição que seria realizada no início de janeiro. Aconteceu o que a marchinha de Carnaval de Nássara previa: "Na hora H, quem vai ficar é seu Gegê".

Fazia oito anos que Getúlio estava no poder. Desde que deixou o governo do Rio Grande do Sul para se tornar chefe do Governo Provisório, com o golpe que obrigou Washington Luís a renunciar quase ao final do mandato, colocando ponto final na política do Café com Leite. Até então o presidente era de Minas (leite) ou de São Paulo (café). Chegava ao fim a Velha República!

Getúlio, gaúcho de São Borja, fronteira com a

Argentina, advogado e depois promotor público, teve carreira política meteórica: deputado estadual, federal, ministro da Fazenda do governo Washington Luís, presidente do governo do Rio Grande do Sul.

Em 1930, apesar de derrotado nas urnas pelo paulista Júlio Prestes (1 091 709 votos contra 742 792), foi conduzido pela Aliança Liberal ao poder, deixando o candidato vitorioso a ver navios. Em 1932, derrotou a chamada Revolução Constitucionalista, quando a elite paulista desejava derrubá-lo e convocar nova Assembleia Nacional Constituinte. "Por São Paulo com o Brasil, se for possível; por São Paulo contra o Brasil, se for preciso!". E foi eleito presidente em 1934 de forma indireta com promulgação de nova Constituição, conseguindo, por meio de decretos e leis, assegurar o direito de voto às mulheres e a criação do salário mínimo.

Decidido, no final de 1937, a se perpetuar no poder — a reeleição era proibida pela nova Constituição —, entre baforadas de imenso charuto Havana, Getúlio justificou a instalação do Estado Novo como "a única resposta para a crise criada pela eminência da guerra civil e da guerra mundial, uma imposição da ordem com grande aceitação popular". Pressionou o Congresso a declarar "estado de guerra", legalizando o golpe.

Um dos pretextos para a ousadia de Gegê foi a violência verbal da campanha. Havia três candidatos a presidente: Armando Sales de Oliveira, governador de São Paulo pelo partido oposicionista, a UDB; José Américo de Almeida, candidato do governo; e Plínio Salgado, pela Ação Integralista.

Getúlio temia o avanço do integralismo. Ele havia praticamente dizimado os comunistas. Três anos antes, preocupados com a ligação cada vez mais estreita dos integralistas com Getúlio, que os tratava a pão de ló, e que segundo eles levaria o país a uma ditadura fascista, os comunistas, liderados por Luiz Carlos Prestes, organizaram a Intentona, conclamando operários, militares e camponeses a instalar um governo popular e revolucionário.

A Intentona foi abafada com embates violentos no Recife, com mais de cem mortos; em Natal, onde os comunistas ficaram três dias comandando a cidade; e no Distrito Federal, principalmente na Praia Vermelha e em alguns quartéis militares espalhados pela cidade.

Milhares de comunistas foram presos — a estimativa é de mais de 15 mil —, entre eles, Prestes, Olga Benário, Gregório Bezerra e os escritores Jorge Amado e Graciliano Ramos, condenados ou perseguidos pela cruel polícia política de Filinto Muller, sem base em lei ou jurisprudência. Vários comunistas foram aprisionados no navio *Pedro I*, do Lloyd Brasileiro, que funcionou como cadeia flutuante. A maioria foi levada para os presídios de Fernando de Noronha e Ilha Grande.

Prestes ficou preso e incomunicável por nove anos, e sua mulher Olga, grávida, deportada e entregue aos nazistas, morreu numa câmara de gás no campo de extermínio de Bernburg. Graciliano Ramos amargou na prisão da Ilha Grande e escreveu *Memórias do cárcere*, lançado somente depois de sua morte.

As rádios tocavam o grande sucesso "Yes, nós temos banana", de João de Barros e Alberto Ribeiro, com a extraordinária Carmem Miranda, que no mesmo ano se mudou para os Estados Unidos e de lá só regressou morta. "Carinhoso", de Pixinguinha, com letra de João de Barros, arrebentava na voz de Orlando Silva.

Os cassinos Copacabana Palace e Atlântico, no posto 6 e na praia da Urca, atraíam ao Rio de Janeiro milhares de pessoas que assistiam aos shows com grandes estrelas nacionais e internacionais e jogavam nas mesas de pôquer, bacará, black-jack, trinta-quarenta, campista e roletas mágicas de 37 casinhas.

Os imensos e elegantes salões eram frequentados pela alta sociedade do Rio de Janeiro e de São Paulo e por celebridades de todo o mundo, que circulavam bebendo champanhe e se empanturrando com os regabofes dos maiores chefs da época. O Golden Room do Copacabana Palace esbanjava luxo, com escadarias de mármore de Carrara ornadas com brasões de bronze veneziano.

Cassinos em Lambari, Poços de Caldas, São Lourenço, Araxá, Cambuquira, Santos, São Vicente, Guarujá, Niterói e Petrópolis faturavam para valer, recebendo turistas de todas as partes do país e de países vizinhos e empregando muita gente do meio artístico, como músicos, maestros, cantores e dançarinas. O jogo, oficializado em 1933, estabelecia que os cassinos fossem obrigados a repassar parte dos lucros para entidades de assistência social.

Vicente Meggiore era um dos frequentadores mais conhecidos do Copacabana Palace, a poucos passos de sua mansão. Embora desse para ir a pé, ele se exibia chegando ao hotel dirigindo um dos três carros norte-americanos que tinha na garagem. Ele e a mulher Gertrudes não eram de jogar, mas se deliciavam no salão de baile, onde assistiam a shows grandiosos e papeavam com outros grã-finos.

Zé Reis e uma turma de amigos de Campo Grande e Seropédica organizavam caravanas para jogar no Hotel Cassino Icarahy, em Niterói, de quinze em quinze dias. Apesar de faustoso, não tinha a banca e o luxo dos cassinos do Rio. A viagem era demorada, porque tinham que atravessar de barca, deixando os carros na praça xv para ganhar tempo.

No Rio de Janeiro, Distrito Federal à época, viviam mais de um milhão de almas. Os ricos moravam em palacetes em Copacabana, Flamengo, Botafogo, Laranjeiras, Gávea e Jardim Botânico, na Zona Sul, e, como Vicente Meggiore, possuíam casas de veraneio nas serras de Petrópolis e Teresópolis.

No centro da cidade, o povaréu vivia em cortiços e casas de cômodos. Eram milhares de famílias de operários, descendentes de escravos, imigrantes portugueses e gente que vinha de outros lugares tentar a sorte na capital, principalmente nordestinos, que, tendo seus lares destruídos pela "higienização", o chamado Bota-Abaixo do prefeito Pereira Passos, foram subindo os morros (Providência, São Carlos, Santo Antônio). De uma tacada foram destruídas setecentas habitações coletivas.

Os remediados, funcionários públicos e profissionais liberais ainda viviam em casas, casas de cômodos e pensões no Centro, na Tijuca, em Aldeia Campista, Vila Isabel, Rio Comprido e Estácio, em subúrbios costeados por linhas férreas da Central do Brasil e da Leopoldina ou em pequenas chácaras e casas na zona rural, região de Campo Grande, Mendanha, Santa Cruz, Realengo e arredores.

Interventores ligados a Getúlio eram nomeados a torto e a direito: Adhemar de Barros em São Paulo, Amaral Peixoto no Distrito Federal e Benedito Valadares em Minas. E o bando de Lampião, depois de anos barbarizando no sertão, se viu cercado em Sergipe.

Em vez de tornar a Ação Integralista base de sustentação do seu governo, com mais de um 1,5 milhão de seguidores, desfilando dias antes do golpe com 50 mil simpatizantes diante do Palácio do Catete e lançando a candidatura de Plínio Salgado à presidência aos gritos de *anauê* (em tupi, "seja meu irmão"), a saudação dos integralistas, Getúlio descartou-a. Extinguiu os partidos políticos sob a justificativa de que "o Estado, segundo a ordem nova, é a Nação, e deve prescindir, por isso, dos intermediários políticos".

Proibiu também "milícias cívicas de qualquer espécie", vetando terminantemente o uso de uniforme, estandartes, distintivos e outros símbolos dessas agremiações, cravando uma estaca no coração dos integralistas, que usavam bandeira azul com fundo branco e sigma maiúsculo no centro. Os integralistas se vestiam com camisas verdes, um pequeno círculo branco fixado no braço esquerdo tendo no centro um sigma preto — por isso chamados "camisas-verdes". As calças e os sapatos eram pretos. Em ocasiões especiais, usavam gorros verdes, no mesmo tom da camisa.

Plínio Salgado, jornalista e escritor paulista, "um caipira astuto e inteligente", segundo Getúlio, chefe máximo dos camisas-verdes — movimento que se inspirava no governo fascista português de Salazar —, havia acertado com Getúlio que seria ministro da Educação.

Com o golpe, Plínio ficou com a brocha na mão e resolveu dar o troco. As chances de se eleger presidente eram grandes. Nas prévias da Ação Integralista, com larga vantagem de votos, derrotara Gustavo Barroso, Dom Hélder Câmara, Miguel Reale e San Thiago Dantas, entre outros postulantes. O marinheiro João Cândido, da Revolta da Chibata, e o escritor Abdias do Nascimento o apoiavam.

Muita gente de dinheiro, principalmente do Distrito Federal, participava da Ação Integralista, mas à boca pequena se dizia que quem sustentava de verdade Plínio Salgado era Vicente Meggiore, construtor de prédios em Copacabana e no Centro, fundador do Lions Clube e conselheiro do Instituto Brasileiro do Café.

Durante a década de 1920, Plínio era um escritor conhecido. Participou discretamente da Semana de Arte Moderna em 1922. Em 1928 se elegeu deputado pelo PRP. Nem terminou o mandato e viajou para o Oriente Médio e a Europa. Na Itália conheceu Mussolini e se impressionou com o ideal fascista. A partir de 1932, Plínio idealizou a criação da Ação Integralista Brasileira, movimento partidário com posicionamento político de extrema direita e inspiração fascista, sob o lema "Deus, Pátria e Família".

Durante essas reuniões no Rio de Janeiro, Vicente Meggiore foi se aproximando de Plínio Salgado e, aos poucos, ganhando status na organização. Endinheirado e respeitado, passou a cuidar das finanças da AIB.

Esplendorosa Forquilha

Vicente e Zé Reis saíram cedo rumo a Petrópolis. O Ford novinho em folha do irmão, dirigido por Zé Reis, ferveu várias vezes na subida da serra, atrasando a viagem. Antes de ir para a luxuosa residência no Bingen, passaram na casa de um velho dirigente da AIB, amigo de Vicente. Zé Reis aproveitou para dar um pulo no D'Angelo e comprar caramelos, biscoitos amanteigados e tomar chá com torradas Petrópolis.

No fim da noite, Vicente se serviu de duas doses de uísque e decidiu se abrir com o irmão, revelando que fora ao estádio das Laranjeiras para checar se a porta sob uma das arquibancadas se abriria sem maiores problemas quando eles, os integralistas, tomassem de assalto o Palácio de Getúlio.

— Como assim? — perguntou Zé Reis, espantado.

— Não quero que fale para ninguém. Segredo absoluto. Não sabemos ainda o dia, mas vamos invadir o palácio e acabar com Getúlio. Depois da traição que ele cometeu, descumprindo o acordo com o Plínio, não nos resta saída.

— E por que vamos viajar amanhã? — quis saber Zé Reis.

— Temos que proteger o Plínio. Se alguma coisa der errado, vamos escondê-lo na fazenda. A que iremos ver para comprar. E estou louco para virar fazendeiro de novo, como fui em Matias Barbosa.

A viagem até a fazenda durou cinco horas. Chovia muito e as estradas enlameadas faziam o Ford atolar. Ficou preso perto de Paraíba do Sul, de Andrade Pinto e, por fim, quase chegando ao destino. O carro foi desatolado com o auxílio de uma junta de bois. Até conseguirem ajuda, levou um tempão.

Vicente e Zé Reis conheciam fazendas bonitas, charmosas, mas quando deram de cara com a Forquilha, se abestalharam.

Jamais haviam topado com casa-grande tão linda e aconchegante, só viam em fotos de revistas ou no cinema. Além da casa-grande, os jardins, o engenho, o paiol, os terreiros de secagem de café, a queda d'água que produzia energia, tudo chamava a atenção pelo acabamento e limpeza. Parecia coisa de cinema, impecável.

O casal de proprietários, João e Silvina Paiva, recebeu Vicente e Zé Reis na espaçosa varanda lateral da sede. O nome Forquilha fora escolhido devido ao rio afluente do Paraibuna, que atravessa as terras da fazenda.

Ah, a casa-grande! Uma joia do século XIX, um majestoso chalé de dois andares, com mobiliário magnífico, lambrequins, janelas de vidros coloridos, belo retábulo para capela interna de Nossa Senhora da Glória, sacristia, oito aposentos, sala de jogos, de jantar e de estar, duas cozinhas, despensa, água encanada, iluminação a gás, quatro banheiros e acomodação para empregados nos fundos da casa.

O proprietário acertou o negócio de porteira fechada: cem cabeças de gado leiteiro, oito bois castrados, dois touros, quatro currais, três terreiros para secar café, quatro carros de bois de tamanhos diversos, quinze cavalos, incluindo quatro éguas, dois jumentos, porcos, galinhas, moinho de fubá, engenho de beneficiar café, alambique para fabricar aguardente, tulhas, estrebaria com muitas selas e arreios, duas charretes, serraria e paióis. Além disso, 10 mil pés de café, plantações de feijão, cana-de-açúcar e milho, pomar com laranja, abacate, tamarindo, limão, lima-da-pérsia, pitanga, amora, goiaba, manga, jaca, jabuticaba, caqui e fruta-do-conde, uma pequena horta com couve, bertalha, temperos, tomate, alface, espinafre, jiló, pimentão, chuchu, maxixe e favas.

Em seus duzentos alqueires mineiros, havia os colonos. Cinquenta famílias que viviam miseravelmente em casas de pau-a-pique, sem iluminação nem água encanada, fazendo as necessidades em precários banheiros externos com fossa nos "bairros" Belém, Recreio, Mundo Novo e Deserto, pertencentes à fazenda.

Outras duas famílias de empregados moravam em casas de alvenaria junto à sede, e eram responsáveis por trabalhos de cozinha, lavanderia, quitutes, jardinagem, arrumação e pequenos serviços para os patrões e convidados.

Jandira, linda e sorridente neta de escravos e filha de Maria, que chefiava a criadagem, era quituteira de mão-cheia e morava em uma dessas casas. Enquanto os visitantes e patrões fechavam negócio, ela serviu deliciosas roscas, bolinhos e pastéis de fubá feitos por ela, café e sucos de goiaba, laranja e manga. Foi o bastante para Zé Reis começar a se enfeitiçar pela moça.

A venda foi realizada sem rodeios. Vicente acertou pagamento em doze prestações, além de uma polpuda entrada à vista. Como o casal não morava mais lá, apenas passava férias, a entrega das chaves se daria em poucas semanas — tempo suficiente para que Zé Reis se mudasse de vez da Patioba e se tornasse o novo administrador da Forquilha.

Finda a conversa, Zé Reis pediu que Jandira o levasse para conhecer os arredores da casa-grande, o administrador e os empregados da cocheira e do engenho.

Com autorização da mãe, Jandira levou-o para passear. Durante o passeio, criou-se entre os dois um clima de cumplicidade, de afeto. Nascia ali uma paixão, amor à primeira vista. O olhar cativante, o sorriso gracioso e a meiguice de Jandira deixaram Zé Reis abobalhado. Jamais sentira algo parecido.

Maria, mãe de Jandira, tinha nascido perto dali, no quilombo São José da Serra, no bairro Carambita, em Valença. Formado em 1850, o quilombo tinha descendentes de escravos do Congo, da Guiné e principalmente de Angola. Ela era irmã por parte de mãe de Clementina de Jesus, a Quelé, a grande cantora de jongo do lugar. Jandira nasceu na Forquilha, fruto do namoro de Maria com Nezinho, jovem roçador de pasto que passou pouco tempo na fazenda. Maria criou Jandira sozinha. Nezinho não deu as caras depois do nascimento da filha.

Naquela noite, Vicente e Zé Reis dormiram, e encontraram largados por cima de alguns móveis exemplares do jornalzinho *O Forquilhense*, impresso em mimeógrafo, que registrava causos ocorridos com colonos e a família dos proprietários. O editor: Carlos Frederico Werneck de Lacerda, um jovem de Vassouras que passava férias escolares na Forquilha, conforme explicou João Paiva, proprietário da fazenda e tio do rapazinho.

Carlos Frederico jogou como goleiro no time da Forquilha na histórica partida contra o Terezense, de Rio das Flores, quando o time da cidadezinha enfiou goleada de 7 a 1 nos forquilhenses.

Rio das Flores!

*Vila de Santa Tereza, flores no rio não
há. Vêm sempre as mesmas histórias,
nada ficou na memória.*
Rosinha de Valença e Elisa Marina

Ansiosos, no dia seguinte Zé Reis e Vicente foram
conhecer a Vila de Santa Tereza, distrito de Valença
que, um pouco mais tarde, emancipada, passou a se
chamar Rio das Flores, distante oito quilômetros da
Forquilha por esburacada estrada de terra.

Na vila foram apresentados ao delegado Tavares, ao pároco dom Martinho, ao Bezerra, dono do
armazém de secos e molhados, ao escrivão da prefeitura Arides, ao prefeito João Farid e ao Ferenc,
húngaro nascido na Transilvânia que cultivava flores, criava abelhas e escolhera morar ali fazia cinco
anos, mas continuava sócio da Confeitaria Gerbô,
na Tijuca, onde produziam as mais saborosas tortas
do Rio de Janeiro.

Santa Tereza era um nada. Somando a população rural viviam ali pouco mais de 3 mil pessoas que trabalhavam nas fazendas de café e gado leiteiro, na cooperativa, na prefeitura, na escola municipal, na estação ferroviária, em pequenas chácaras e sítios e no acanhado comércio (dois armazéns de secos e molhados, uma farmácia e três pequenas bodegas). Não havia posto de saúde, agência bancária nem posto telefônico.

Orgulho dos teresenses era a igreja de Santa Teresa d'Ávila, construída no morro mais alto da cidade, que, em 20 de fevereiro de 1877, foi batizado Alberto Santos Dumont, cuja família vivia na fazenda Casal, lá pelos lados da Forquilha, distrito do Abarracamento. Santos Dumont nasceu em Palmira na Fazenda Cabangu e ainda de colo mudou-se com a família — oito irmãos, dois homens e cinco mulheres — para Santa Tereza. Aos nove anos foi morar em Ribeirão Preto, São Paulo, na fazenda Arindeúva, que passou a ser chamada Fazenda Dumont, uma das maiores produtoras de café do país.

Zé Reis percorreu a cidade numa charrete colocada à disposição pelo prefeito, em companhia do Ferenc e do Arides. Chamou a atenção não avistar qualquer campo de futebol. (Tempos atrás havia o campo do Terezense, que virou matagal depois que o clube fechou.)

Ferenc deu-lhe uma notícia alvissareira.

— Você chegou em boa hora. Atrás da sede da prefeitura está sendo preparado terreno para o nosso campo. Convidei um velho amigo que está no Brasil para passar daqui a um mês um tempinho aqui, antes de assumir como técnico do Botafogo. Achou excelente ideia. O nome dele é Izidor Kürschner, mas o chamo de Dori. Ele pode ensinar muita coisa pra gente! Apesar de ter nascido em Budapeste, o apelidaram de Feiticeiro de Viena.

A notícia mexeu com Zé Reis.

— Dori Kürschner que dirigiu o Flamengo? Minha nossa, é demais. Ele revolucionou aquilo lá. Disse a Leônidas que não precisava correr tanto com a bola, adotou o WM, sistema incrível, mas não foi bem entendido pelos cartolas.

A paixão pelo futebol fez com que Zé Reis e Ferenc fossem imediatamente um com a cara do outro. Conversaram sobre a Copa que se iniciaria em meses na França e as chances das seleções do Brasil e da Hungria. Zé Reis fazia fé na seleção principalmente pela forma extraordinária de Leônidas, Domingos da Guia, Tim e Romeu, além de Patesko. Não gostava do técnico Ademar Pimenta, achava que tinha pouca experiência porque dirigiu apenas o Bangu e o Sport Club Brasil, e à frente da seleção no ano anterior foi derrotado duas vezes pela Argentina no Sul-Americano.

Ferenc estava em dúvida, a seleção húngara fizera apenas uma partida para se classificar, goleada de 11 a 1 na fraquíssima Grécia. Mas confiava no faro de gol dos atacantes György Sarosi, do Ferencváros, e Gyula Zsengeller, do Újpest, e no conhecimento do técnico Alfred Schaffer, ex--atacante e o maior nome do futebol húngaro no início do século.

Zé Reis combinou com Ferenc que, quando voltasse — pegaria apenas seus pertences e passaria adiante a administração da fazenda do km 47 da Rio-São Paulo —, fundariam um time, porque certamente o campo já estaria pronto e Kürschner teria chegado.

O nome do time: RIO DAS FLOR FUTEBOL E REGATAS.

— Por que Flor e por que regatas? — perguntou o prefeito, atônito quando soube da ideia de Zé Reis.

— Porque é assim que o húngaro e muita gente daqui chamam a cidade, e regatas porque podemos organizá-las no riozinho das Flores que passa pela cidade.

O prefeito achou estranho, mas concordou. Era a voz do povo.

Naqueles dias, o assunto em Rio das Flores, cidade com pouca diversão, era a presença do Grande Circo Theatro Guarany, o Circo dos Pretos. Zé Reis e Vicente, convidados pelo prefeito, foram à estreia.

Quando chegou a Rio das Flores, o Grande Circo Theatro Guarany vinha de uma temporada de sucesso pelos lados de Arrozal. Pena que a Banda

Santa Cecília Arrozalense não seguiu com a trupe do sr. João Alves, um negro alto, muito forte, nascido em 1871, em São João del-Rei.

A lona foi erguida pertinho da igreja onde Santos Dumont foi batizado. As crianças e os mais velhos se juntaram para ver o barulho das estacas sendo fincadas no chão. Rio das Flores se assanhava para receber a sessão.

O palhaço do circo era o Gostoso, vivido por Antônio, filho de João Alves. Pouco antes de o espetáculo iniciar, ele começou a não se sentir bem. Mas como improvisar um palhaço? Foi quando Maria Eliza, irmã do Gostoso, resolveu desafiar o velho pai. Ela era atriz no circo teatro, muitas vezes fazia o público rolar de rir interpretando as caricatas das peças.

— Pai, eu posso substituir o Gostoso.

A sessão ia começar em duas horas. Ela tanto insistiu, que o velho João concedeu uma chance à filha. Ela pôs a roupa do Gostoso, improvisou aqui e ali. Palhaça ou palhaço? Mas não havia mulher palhaço naquela década de 1930, muito menos uma negra. Ninguém permitiria: nem o rígido João Alves, nem o público de Rio das Flores. Então, Eliza engrossou a voz, imitou gestos do Gostoso, criou chistes, pilhérias, virou cambota, caiu e levantou na serragem.

— Muito bem, muito bom. Mas qual o nome desse palhaço, dona Eliza? — perguntou o severo pai.

Tita, irmã mais velha da Elizinha, gostava tanto de música que ouvia as canções da época sempre no volume mais alto. E o que o rádio de válvulas tocava? Exatamente o novo ritmo inventado por Luiz Gonzaga. Era a música "Xamego". Eliza disse sem pestanejar:

— Xamego, seu João, o meu palhaço se chama Xamego.

"Todo mundo quer saber o que é o Xamego, / Ninguém sabe se ele é branco, se é mulato ou negro", cantava Luiz Gonzaga. E Xamego estreou em Rio das Flores.

O público delirou. Foi uma noite que Zé Reis, Vicente Meggiore e o povo de Rio das Flores jamais esqueceram e que marcou o início do reinado de Xamego no Circo Guarany.

Antes de voltar à Forquilha no dia seguinte, Zé Reis e Vicente almoçaram na Fazenda Santo Inácio. Ficaram maravilhados: canjiquinha, leitoa crocante, feijão-tropeiro, costelinha, frango de mulher parida, angu, dobradinha. Sem contar os doces de leite, mamão, goiaba e cidra, feitos com esmero no fogão à lenha.

Apaixonado pela beleza e doçura de Jandira, queixo caído com a majestade da Forquilha, entusiasmado com o time de futebol que iria fundar, Zé Reis deixou a fazenda rumo ao Rio sem disfarçar a intensa felicidade.

— Mas não é só pra se divertir, não — avisou Vicente a Zé Reis —, o Plínio pode estar chegando e quero que encontre tudo nos conformes.

— Deixa comigo, aqui senti que serei um homem feliz!

Na volta ao Rio, cada qual foi para o seu lado. Zé Reis partiu para Seropédica a fim de resolver rapidamente a mudança, o que não foi problema. Solteiro, guardava pouca roupa, a mobília não era dele, mas da fazenda, e não contraíra dívidas, a não ser alguns penduras na vendinha à beira da estrada, onde se deliciava com moelas de frango caipira e costelinhas de porco para acompanhar a cachacinha e a cerveja nos finais de tarde e nos fins de semana.

Em seu lugar, Zé Reis colocou seu Pinheiro, negro simpático, um pouco mais velho e com experiência de roça, que trabalhava com ele fazia tempo.

Em poucos dias, estaria pronto para voltar à Forquilha e começar vida nova. Aos 32 anos, parecia um menino seguindo para as férias.

Lamentava deixar de ser técnico do Rio-São Paulo Futebol Clube, invicto fazia dois anos. Uma festa com jogo-despedida foi marcada, com presença assegurada do jovem Thomaz, do Byron, de quem Zé Reis era admirador e amigo.

Sabia que não seria fácil largar a boêmia ao lado da turma de Seropédica, que se mandava para o centro do Rio e ficava hospedada em fins de semana em hoteizinhos fuleiros da Lapa, pulando de bar em bar. Estava abrindo mão de frequentar o Lamas, o Pardellas, o Villarino, a Taberna da Glória, o Capela, o Paladino e o Cosmopolita, do famoso filé a Osvaldo Aranha. E os agitados cabarés: Casa Nova, Pigalle, Novo México e o Cu da mãe. Mas como se enfeitiçara pela Forquilha, por Rio das Flores e, principalmente, por Jandira, valia a pena mudar de vida.

Vicente também voltou ao Rio animado, havia adorado a Forquilha. Mil vezes mais charmosa e bonita do que a fazenda da Patioba, que era pequena, sem charme e servia apenas para plantar e criar gado, não para lazer. Achou que fizera um bom negócio.

E mesmo que Plínio não fosse mais para lá ou que ficasse pouco tempo, decidira tocar a fazenda, impressionado com a beleza e a estrutura do lugar. Aos 42 anos acumulara dinheiro suficiente para bancar a empreitada e mantê-la funcionando.

Poderia levar os filhos pequenos, Natasha e Osmarino, para se divertir, andar a cavalo, pegar frutas no pé, passear de carro de boi, coisas inimagináveis para crianças da cidade.

Pôs a mala no chão da sala da casa e entregou algumas frutas e verduras que carregara da Forquilha para Gertrudes, indo imediatamente se reunir com a turma da Ação Integralista Brasileira. Queria saber como estavam os preparativos para a operação marcada para dali a um mês, precisamente 11 de março.

Tudo certo, segundo o pessoal camisa-verde.

Os camisas-verdes

Em 11 de março de 1938 os integralistas deram com os burros n'água. Tentaram tomar dois batalhões, um em Botafogo e outro no Centro, mas o Exército e a Polícia Militar debelaram rapidamente a rebelião. Um grupo de milicianos acercou-se da rádio Mayrink Veiga para ocupá-la e transmitir a ordem do levante. A polícia, inteirada dos planos, contra-atacou. Um fiasco, o levante foi abortado, sofrendo inúmeras prisões e a apreensão de armas e munição.

Um dos caminhões que transportavam os camisas-verdes estava em nome de Vicente, que foi preso, mas não ficou muito tempo na cadeia. Plínio Salgado nem precisou se esconder, a alegação dos integralistas foi que a ação havia sido organizada por dissidentes e sem aval do chefe supremo.

Zé Reis soube do levante frustrado e da prisão de Vicente apenas dias depois, em telegramas que recebeu na estação ferroviária. Pensou que tivesse que se preparar para receber Plínio, mas o irmão avisou que não seria preciso. Plínio e ele estavam seguros. Então passou a organizar a seu modo o dia a dia na fazenda.

Pôs o alambique para funcionar a todo vapor, contratou roceiros de Minas para limpar pastos, autorizou a distribuição de leite pela manhã e pela tarde aos colonos, plantou coqueiros na via interna que leva à casa-grande, autorizou rezar missa uma vez por mês na capela Nossa Senhora da Glória e abriu suas portas para casamentos e batizados dos colonos. Construiu também um campinho de futebol.

A dor de cabeça eram os milhares de pés de café, que não serviam praticamente para nada, só ocupavam espaço nos morros. A terra cansada não permitia que os cafezais prosperassem.

Zé Reis gostava do cheiro da terra, da lavoura, de arar, plantar, cultivar fosse o que fosse, milho, cana, legumes, em vez de cuidar de vacas e bois. A cultura da região do Vale do Paraíba, outrora pujante e riquíssima por causa do café, se dedicava cada vez mais à produção de leite e de gado de corte.

A solução para o problema seria o projeto do Banco do Brasil, que prometia pagar por cada pé de café arrancado. O café tomava outros ares, abandonando o Vale do Paraíba fluminense, onde deixou muitos barões do café endividados ou falidos, e viajando para São Paulo e Paraná, onde solos mais jovens, menos castigados, o receberam muito bem.

Montado no Pingo, um vistoso alazão manga-larga marchador, Zé Reis sempre arranjava um jeitinho de se mandar para Rio das Flores, já transformada em município, a fim de acompanhar a construção do campo e saber detalhes da vinda de Dori Kürschner, que havia adiado sua chegada.

Com Ferenc, convocou imediatamente jogadores da região para testes no campinho de terra ao lado da estação ferroviária na entrada da cidade. Ansiosos, queriam colocar o Rio das Flor Futebol e Regatas para jogar o mais rápido possível. O campo oficial estava quase pronto.

A toda hora Zé Reis mostrava fotografias do jogo-despedida que fizeram em homenagem a ele em Seropédica. Quando nas fotos aparecia Thomaz, dizia, orgulhoso:

— Esse menino, que chamam de Zizinho, será profissional e vai jogar na seleção. Anota o que estou dizendo, tenho faro para essas coisas.

Enquanto isso, dois meses depois do fracassado levante, os integralistas se preparavam para o grande golpe. Vicente estava agitadíssimo. A qualquer momento tentariam matar Getúlio e tomar o poder.

WM no Rio das Flor

Dori Kürschner pôs enfim os pés em Rio das Flores.

O húngaro, um dos maiores treinadores de futebol do mundo, ex-ponta-esquerda do famoso MTK, da Hungria, foi direto da estação ferroviária para a aconchegante chácara/apiário de Ferenc. Lá, foi tratado como um rei.

Pela manhã, Dori gostava de fazer caminhadas solitárias, sentindo o aroma perfumado das flores de laranjeira e assa-peixes que serviam de néctar para as abelhas. Não dispensava o cachimbo depois do café. Por causa da magreza, aparentava fragilidade e ter mais do que os seus 51 anos.

O campo inaugurado atrás da prefeitura era arrumadinho, jeitoso, com dois vestiários espaçosos, duas pequenas salas para a administração, gramado impecável e arquibancada coberta com quinze lances de degraus de cimento.

A fita inaugural foi cortada por Dori. O nome escolhido, Antônio Farid, falecido pai do prefeito

João, não agradou a Zé Reis, que acabou deixando pra lá porque foi pedido de Ferenc, querendo ficar de boa com o sogro e com Bernarda, sua namorada filha do prefeito.

O dinheiro para construir o estádio foi conseguido através de vaquinha entre os fazendeiros, Vicente Meggiore incluído, e diretores da Cooperativa de Leite. A Prefeitura doou o terreno e bancou a infraestrutura de água, esgoto e luz. O prefeito designou ajuda mensal para o Rio das Flor pagar comissão técnica e jogadores. E o pároco dom Martinho, entusiasta do futebol, se prontificou a promover bazares e quermesses para arrecadar fundos entre os fiéis.

Durante vinte dias, Dori Kürschner foi ao campo, acompanhado de Zé Reis e Ferenc, dar aulas para os jogadores selecionados e para quem da cidade quisesse ouvir e aprender. Estava empolgado. Levou como presente uma dúzia de bolas novinhas, além de chuteiras para os jogadores e redes para as balizas do novo estádio.

Explicava com detalhes como funcionava o sistema que implantou no Flamengo (71 jogos, 21 derrotas, onze empates e 39 vitórias), quando chegou em segundo lugar, quatro pontos atrás do Fluminense. Ele fazia os jogadores saírem tocando a bola com passes curtos ou exigia ensaios táticos sem bola. Muita gente ia assistir aos treinamentos.

No Brasil os times jogavam com dois zagueiros, três médios estáticos e cinco atacantes. No esquema de Kürschner jogava-se com três zagueiros, dois médios de apoio, dois meias de ligação e três atacantes. Zé Reis, pra lá de prosa, se vangloriava dizendo que o Rio das Flor Futebol e Regatas seria o único time brasileiro a usar de verdade o WM.

— Se o Flamengo não usou direito e o Botafogo não souber aproveitar, só haverá o Rio das Flor utilizando como se deve o sistema revolucionário de Chapman.

Porque o WM tinha sido invenção do inglês Herbert Chapman, técnico do Arsenal. Ele recuou o centro-médio — a bola tinha que obrigatoriamente passar por ele — para jogar entre os dois zagueiros (como Dori tentou fazer com Fausto no Flamengo) e criou a segunda linha de meio-campo, a partir do recuo de dois atacantes. Um 3-4-3 ou 3-2-2-3 formando duas letras no campo: W no ataque e M na defesa. O sistema dá ênfase ao contra-ataque. Sem a bola, o time recua três zagueiros e dois volantes.

Depois de vinte dias em Rio das Flores, Dori foi embora a contragosto. Tinha adorado a vida tranquila do interior, e o tempo em que ficou na cidade serviu para pôr de lado a mágoa que carregava do Flamengo por ser demitido mesmo levando o rubro-negro ao vice-campeonato. Mas havia assinado contrato com o Botafogo e precisava voltar para a capital.

O Rio das Flor, com campo próprio e time completo, tentou disputar a Liga Fluminense, mas teve inscrição negada sob a alegação de que havia clubes demais. Só poderia entrar se houvesse alguma desistência. Disputavam a liga times de diversas cidades do estado do Rio, como: Campos dos Goitacazes, Niterói, Petrópolis, Barra Mansa, Porciúncula, Barra do Piraí, Três Rios, Nova Iguaçu, Paraíba do Sul e Valença. O jeito foi participar da Liga Valenciana, da cidade vizinha de Valença, distante quarenta minutos em viagem de trem, contra Coroados, Sport Club Valenciano, Santa Rosa e Monte D'ouro.

De qualquer maneira, Zé Reis e Ferenc estavam animados. O Rio das Flor já possuía um estádio e um time em condições de disputar em igualdade de condições a Liga Valenciana. Era o início do projeto.

Getúlio segura o tranco

O golpe integralista eclodiu na madrugada de 11 de maio de 1938. O chefe Plínio Salgado foi preservado e afastado da rebelião. O comando-geral coube a João Cândido Pereira de Castro Junior, tendo como imediato o médico Belmiro Valverde.

O tenente Severo Fournier comandou o ataque ao Palácio Guanabara, com um grupo paramilitar vestindo farda dos fuzileiros navais. O tenente Júlio Nascimento, da Marinha, em plantão no Palácio, abriria os portões para a entrada dos rebeldes. Do alto de uma árvore, um atirador procuraria atingir o presidente em seus aposentos.

Outros grupos foram designados para, na mesma hora, prender o ministro da Guerra, general Eurico Gaspar Dutra, e o chefe do Estado-Maior, general Góis Monteiro, em sua casa em Copacabana, e outras autoridades militares em suas respectivas residências.

Dois oficiais se apresentaram na prisão onde estavam Otávio Mangabeira e Euclides Figueiredo, levando ordem de soltura. A ideia era que ambos assumissem posições de comando no golpe.

Os camisas-verdes tomaram o Ministério da Marinha e a rádio Mayrink Veiga para anunciar que Getúlio, cercado, seria deportado e uma Junta assumiria o governo imediatamente.

Por pouco não mataram Getúlio — havia apenas alguns guardas na segurança do Palácio. Vargas foi salvo pela valentia do irmão Bejo, pela chegada de reforços comandados pelo general Dutra, que escapou da tentativa de prisão pelos camisas-verdes, e pelas metralhadoras colocadas por Filinto Muller nas janelas, com o intuito de assustar, porque não havia gente suficiente para operá-las.

O fracasso do golpe ocorreu principalmente pelas enormes trapalhadas protagonizadas pelos integralistas. Deu tudo errado.

A maioria dos camisas-verdes jamais havia segurado um fuzil, e o chefe do assalto ao Palácio, tenente Severo Fournier, dava ordens a esmo. Dos 150 voluntários arregimentados para tomar o local, somente trinta apareceram. O reforço de 26 pessoas com munição e dinamite foi detido em um caminhão de propriedade de Vicente quando atravessava a avenida Vieira Souto em direção ao palácio, na rua Pinheiro Machado.

Extrema ironia. A porta contígua ao palácio no campo do Fluminense, observada por Vicente meses antes durante o Fla-Flu, não foi utilizada pelos invasores, e sim pelas tropas leais a Getúlio, sob o comando do coronel Cordeiro de Farias, que entraram por ali e renderam os invasores camisas-verdes.

Mais de 1500 integralistas e simpatizantes foram presos. Vicente entre eles. A fazenda da Patioba foi invadida, saqueada e expropriada por Getúlio, porque lá Belmiro Valverde, um dos líderes integralistas, escondia munições e testava armas. Até seu Pinheiro, o administrador que substituiu Zé Reis, foi detido e solto dias depois.

A casa de Vicente na rua Sousa Lima, 106, em Copacabana, foi vasculhada. Funcionava como quartel-general dos integralistas. A mulher de Vicente, Gertrudes, e os filhos Natasha e Osmarino, se mudaram para a mansão no Bingen, em Petrópolis, enquanto a conspiração corria solta.

Zé Reis esperava a chegada de Plínio Salgado a qualquer momento. Dias antes do levante, estavam escondidos na Forquilha os líderes integralistas Raimundo Padilha e Gustavo Barroso, presos em seguida, com Padilha condenado a três meses de prisão. Zé Reis também sofreu interrogatório, mas disse que era um reles administrador de fazendas sem qualquer vinculação partidária e ideológica. Foi liberado pelos policiais que levaram Padilha e Gustavo Barroso.

Plínio Salgado chegou à Forquilha uma semana depois, num dos carros de Vicente, que ainda estava preso. O motorista o deixou e foi embora rapidamente. O chefe máximo integralista desembarcou de terno azul-escuro, gravata escura, sapatos bem engraxados, trazendo pequena bagagem e um amontoado de livros. Era um sujeito pequeno, austero e formal, com o rosto em vértice que fazia lembrar um Hitler mais magro. Tinha até o bigodinho parecido com o do Führer.

Zé Reis fez tudo para agradá-lo por recomendação expressa do irmão. No entanto, Plínio passava a maior parte do tempo trancado no quarto escrevendo, lendo, sem falar com ninguém. Ele se alimentava pouco, mas adorava os sucos e bolachas doces que Jandira oferecia.

Poucas vezes saía para caminhar fora da casa-grande. Durante um jantar, perguntou se Zé Reis acreditava em Deus, e ele respondeu ser fervoroso cristão e devoto de São Judas Tadeu. Plínio revelou estar escrevendo um livro sobre a vida de Jesus, que seria a sua obra mais importante, apesar de já ter escrito outras dez. Não falava com Zé Reis muito mais do que isso, a não ser quando desejava saber em que horário as refeições seriam servidas.

Certo dia, Plínio Salgado convidou Zé Reis para caminhar pelos jardins e pelo pomar próximos à sede da fazenda. Confessou que ali se sentia feliz e que sonhara na noite anterior com a infância em São Bento de Sapucaí, Vale do Paraíba paulista, que quando menino corria pelos morros em volta da cidade e contemplava ao longe a serra da Mantiqueira e a pedra do Baú. O ar puro da Forquilha

o fez lembrar da cidadezinha. Quis saber se havia
Folia de Reis nas redondezas, porque no sonho ouviu cânticos e vozes da Congada de São Benedito,
tradição da sua região. Ao saber da existência da
Folia Estrela Guia do seu Lelêco, esboçou um leve
sorriso, expressão rara no seu rosto.

Apesar de tratar Plínio com o maior esmero e
fidalguia, Zé Reis o detestava. Repudiava as suas
ideias integralistas e, se pudesse, viraria a cara para
ele. Mas, como empregado do irmão milionário,
não quis se meter em confusão. Atendia a todos os
pedidos e exigências de Plínio, que, aliás, não eram
muitos, pois ficava sempre recluso.

Não deu quatro dias e a fazenda foi invadida
por militares em dois carros. Souberam que Plínio
estava ali, deram voz de prisão ao líder dos camisas-
-verdes e o levaram embora. Outra vez Zé Reis escapou de ser levado.

Plínio ficou preso por um mês na Fortaleza de
Santa Cruz e deportado em seguida para um longo
exílio em Portugal.

O "moço preto"

Quem desloca recebe, quem pede tem preferência.
Gentil Cardoso

Com Vicente atrás das grades, Zé Reis tocava a Forquilha, e também o Rio das Flor Futebol e Regatas, que acabara de ser registrado com as cores vermelho e branco em homenagem ao América, o time do coração, e à escola de samba Deixa Falar, onde desfilara durante anos no bairro do Estácio e que já não existia.

Ele adorava samba, não perdia os desfiles na praça Onze, era amigo de Bide e de Ismael Silva, compositores e fundadores da Deixa Falar. Com Bide tomou aulas de cavaquinho, e desistiu rapidamente porque não levava jeito. Chegava às lágrimas quando Bide tocava "Prece à Lua", música dele em parceria com Marçal. Às vezes se mandava de Seropédica para se encontrar no Buraco Quente da Mangueira com Cartola e Carlos Cachaça, fundadores da Estação Primeira, a escola querida. Curtia as rodas de pernadas, famosas pela violência, principalmente quando participavam Chico Porrão e Otávio Grande, valentões do pedaço.

Zé Reis participou do primeiro desfile, ou "campeonato de samba", organizado pelo jornal *O Globo*, em 28 de fevereiro de 1933. Desfilaram 25 escolas previamente inscritas e outras dez que não tiveram participação oficial. Cada escola teve que cantar três sambas inéditos. O julgamento premiou apenas as cinco primeiras. A Mangueira, com o enredo "Uma segunda-feira no Bonfim, na Ribeira" foi campeã e Cartola arrancou aplausos da plateia com o samba "Fita meus olhos".

Com a saída de Dori, Zé Reis acumulou a função de treinador, mas não conseguia conciliar a tarefa com afazeres na fazenda. Por sugestão de Laís, convidaram o amigo de Vicente, que havia jogado com ele no Fluminense, o grandalhão inglês Harry Welfare, antigo artilheiro do tricolor, dispensado como técnico pelo Vasco. Welfare passou três dias em Rio das Flores, não gostou do que viu e foi embora.

Para dar força aos movimentos iniciais do Rio das Flor, Zé Reis passou a desviar uma pequena quantia mensal enviada por Vicente para as despesas da Forquilha. O irmão não desconfiava, Zé Reis arrumava um jeito de disfarçar nas contas.

Zé Reis e Ferenc chamaram então um jovem treinador desempregado, recém-saído do Riograndense, da cidade de Rio Grande, litoral gaúcho: o pernambucano Gentil Cardoso. Um negro gordinho, cara de bonachão, 32 anos, que passara antes por América, Bonsucesso e Olaria, indicado pelo tio, o seu Pinheiro, ex-administrador da fazenda da Patioba.

Gentil, "o moço preto", chamava a atenção por usar megafone de lata para dar instruções. Adotava esquema de jogo semelhante ao WM. Ferenc alugou uma casa confortável pertinho do campo para ele morar. Mas Gentil também ficou pouco tempo. Arranjou um contrato vantajoso para treinar o Cruzeiro, de Porto Alegre. Em Rio das Flores, Gentil deixou o time organizado e em condições de jogar contra o favorito Coroados, iniciando a disputa da Liga Valenciana, torneio que ocorreria logo depois da Copa do Mundo, que se iniciava.

Zé Reis, impressionado com Gentil, fez questão de escrever à tinta nas paredes do vestiário frases que ele falava corriqueiramente e que marcaram sua passagem por Rio das Flores:

"A bola é feita de couro, o couro vem da vaca, a vaca come capim, então a bola gosta de rolar na grama. Joga rasteiro, meu filho."

"Craque trata a bola por você, e não por excelência."

Quando a bola rolou na Copa na França, Vicente e Plínio estavam presos, assim como Prestes e centenas de comunistas e integralistas. Havia enorme tensão no ar, e a Segunda Guerra Mundial se anunciava.

Alguns países desistiram de participar da Copa: Espanha, porque vivia violenta Guerra Civil; Áustria, por ter sido anexada à Alemanha; e Uruguai e Argentina, magoados com a Fifa pela escolha da França como sede.

No Brasil a paz voltara ao futebol.

Clubes e federações entraram em acordo e toparam ficar sob o guarda-chuva oficial da CBD (Confederação Brasileira de Desportos). Pela primeira vez o país, após o profissionalismo implantado, levaria os melhores jogadores para disputar a Copa do Mundo, ao contrário das outras duas edições, em 1930 e 1934, quando, por causa das brigas internas entre cariocas e paulistas, muita gente boa não foi convocada.

Em 1930, Arthur Friedenreich, El Tigre, a maior estrela do futebol brasileiro na época do amadorismo, ficou de fora por causa de desavenças. Na Copa de 1934 o Brasil enviou apenas jogadores amadores, principalmente cariocas, o que resultou na desclassificação da equipe na competição logo na primeira partida. Em 1937 a CBD aceitou o profissionalismo em troca da manutenção do poder sobre o futebol nacional.

A Copa pelo rádio

Depois de um breve período de preparação na estação de águas de Caxambu, interior mineiro, a seleção brasileira levou dezoito dias de viagem a bordo do navio *Arlanza* até chegar ao porto de Marselha.

Por falta do que fazer, pois não havia treinamento físico, alguns jogadores engordaram. Romeu, rechonchudo, saiu do Brasil com setenta quilos e chegou à França com nove a mais. A delegação nem médico tinha. O técnico Ademar Pimenta viajou sem revelar o time titular. A atitude fez a delegação partir sob desconfiança de torcedores e da imprensa, mesmo contando com excepcional grupo de talentos: Domingos da Guia, Tim, Romeu, Perácio e Leônidas da Silva, principalmente.

A vitória na prorrogação por 6 a 5 (tempo normal 4 a 4) na estreia sobre a Polônia, em Estrasburgo, em 5 de junho de 1938, deixou os torcedores animados. Pela primeira vez puderam ouvir a transmissão pelo rádio de um jogo da seleção em outro continente. Leônidas recebeu um conto de réis do jornal *A Tribuna*, de Santos, por marcar o primeiro gol brasileiro na Copa.

Zé Reis escutou o jogo na praça xv de Novembro em Valença, onde instalaram debaixo das palmeiras, figueiras e acácias alto-falantes para acompanhar a narração de Gagliano Neto pela Rádio Clube do Brasil.

O rádio não se limitou à transmissão dos jogos. O espaço de uma semana entre a primeira e a segunda partida proporcionou aos ouvintes do Brasil programas especiais, nos quais as vozes dos "heróis" daquela jornada podiam ser ouvidas diretamente da França. Uma peça publicitária, de 8 de junho de 1938, anunciava: Se brasileiro é, tenha fé:

> Hoje, às 19h30, diretamente da França, falarão, em sensacional reportagem, o grande técnico PIMENTA, e os grandes cracks LEÔNIDAS, DOMINGOS, PERÁCIO, HÉRCULES, BATATAES, LUIZINHO, ROMEU etc...
>
> Essa irradiação, que é patrocinada pelo "PEITORAL BARUEL", será feita pelas seguintes estações: Mayrink Veiga (Rio), S. Paulo, Record, Cultura, Difusora, Tupy, Excelsior.

Getúlio decretou feriado nacional para que todos pudessem ouvir.

A seleção jogou de azul, sem distintivo, porque perdeu o sorteio para a troca de camisas (as duas seleções jogavam de branco).

A maior vibração foi quando estava 5 a 4 e Leônidas acabara de desamarrar a chuteira. Ele percebeu que o tiro de meta do goleiro Madesjski vinha em sua direção. Rápido, se levantou, arrancou a chuteira do pé e, de meia, emendou a bola ao fundo das redes polonesas. O juiz validou o gol mesmo assim.

Enquanto a seleção seguia pelos campos franceses, passando sofridamente em dois jogos pela Tchecoslováquia — o primeiro terminou 1 a 1, com empate de 0 a 0 na prorrogação, e o segundo, para desempatar, vitória de 2 a 1, com show do Homem Borracha Leônidas da Silva —, o Rio das Flor intensificava treinamentos para disputar a Liga Valenciana, agora sob o comando de outro húngaro, Nicolas Ladanyi, trazido do Rio por Ferenc.

Capitão Ladanyi, chamado assim por participar como soldado das forças austríacas na Primeira Guerra Mundial, foi campeão quatro vezes pelo Botafogo entre 1930 e 1934, quando o Campeonato Carioca era disputado por duas ligas diferentes. Antes de ir para Rio das Flores, dirigiu o América por pouco tempo. Era divertido, cantava com voz de barítono, tocava violão, mantinha amizades com artistas e tinha cadeira cativa no Cassino da Urca, onde foi diretor artístico. Ia sempre assistir aos shows das irmãs Pagãs e de Carmem Miranda e apostar no carteado e na roleta nas três imensas salas de jogos do esplendoroso cassino.

Nicolas Ladanyi foi indicado a Ferenc pela atriz húngara Eva Todor, sua amiga de infância em Budapeste. Eva, muito jovem, se exibia no Teatro Recreio, na companhia de Luiz Iglésias, mais tarde marido dela. Ladanyi costumava ir ao teatro paquerar as coristas.

Ferenc e Zé Reis chegaram a pensar em exibir peças do teatro de revista de Eva Todor em Rio das Flores, e foram desaconselhados pelo vigário dom Martinho, que temia a reação das carolas.

Fizeram um pequeno teste levando as vedetes Eros Volúsia, Mara Rúbia, Luz del Fuego e Virgínia Lane, amigas de Ladanyi, para rápida apresentação em um palco de uma festa junina ao lado da igreja de Santa Tereza D'ávila. As quatro vedetes apareceram de maiôs colantes e decotes voluptuosos, causando furor. Dançavam e cantavam acompanhadas pelo conjunto de Helvídio Mattos no violão, mais acordeão, pandeiro e maracás, enquanto jogavam beijos para a plateia. Embasbacados, os homens aplaudiam, gritavam o nome delas, faziam reboliço. Ao ver olhares reprovadores e ouvir fortes reclamações de Jandira, então namorada de Zé Reis, e das mulheres casadas da cidade, Ferenc desistiu de exibir o teatro de revista em Rio das Flores.

O método de trabalho de Ladanyi era revolucionário, completamente diferente de Dori Kürschner.

Mantinha o esquema wm, mas o seu segredo se baseava na psicanálise, porque havia cursado psicologia na Hungria. A princípio, os jogadores acharam Ladanyi estranho, mas logo foram se acostumando às sessões de terapia individuais e aos conselhos dados por ele.

Como falava mal o português, Ferenc servia de intérprete, como fez para Dori. O húngaro é um idioma estranho, "dizem as más línguas que é a única língua que o Diabo respeita", conforme revelou um escritor brasileiro que se atreveu a aprendê-lo.

Seu Lelêco

Apaixonado por Jandira, Zé Reis, empolgado, marcou casamento para dali a poucos meses. Maria, mãe de Jandira, ficou desconfiada. Não queria que acontecesse com a filha o que houve com ela, quando o pai de Jandira sumiu e nunca mais deu notícias. Apesar de namorador, Zé Reis jamais se enfeitiçara por alguém como Jandira.

Ela era magrinha, baixinha, quase sem bunda, seios pequenos. O que tinha de mais encantador era a boca. Lábios carnudos, sorriso sempre aberto, e um olhar enigmático que deixou Zé Reis hipnotizado. "É a mulher da minha vida", confessara a amigos, quando voltou a Seropédica para pegar suas coisas antes de se mudar de vez para a Forquilha.

Ao contrário de Vicente, que não aprovava o namoro, Gertrudes gostava de Jandira por ter se afeiçoado a Maria, mãe dela, desde que pôs os pés na fazenda pela primeira vez.

Vicente e Gertrudes eram casados fazia doze anos. Ele a conheceu quando ela trabalhava como balconista na Cavé, na Sete de Setembro, centro da cidade, belíssima confeitaria que rivalizava em prestígio com a Colombo pela extrema beleza de seu interior e a qualidade dos doces e salgados. O escritório de Vicente ficava ao lado. Ele almoçava lá quase todos os dias. No final da tarde passava para comprar alguma coisa para levar para casa. Ele morava sozinho em uma pensão no Catete. Gertrudes, moça humilde, vivia com a mãe, viúva, em uma pensão na rua Uruguaiana.

Alemã, nascida em Hamburgo, a baixinha Gertrudes veio aos doze anos para o Brasil em companhia da mãe logo depois do fim da Primeira Guerra Mundial, em 1920. Foi direto para Petrópolis, onde a colônia alemã havia se estabelecido com sucesso. Algum tempo depois se mudaram para a capital, porque um amigo de dona Magda arranjou emprego para Gertrudes na Cavé. Ela chamava a atenção pelos imensos olhos azuis e os lindos cachos da cabeleira loira.

O casamento dos dois teve cerimônia discreta. Vicente ainda não era um homem rico. A festa, depois do religioso na Igreja de Nossa Senhora do Carmo, foi na casa de um casal amigo em Copacabana, com saborosos doces e salgados oferecidos pela Cavé.

A vida na Forquilha seguia tranquila. Zé Reis não tinha mais que se preocupar com Plínio Salgado e com a turma de camisas-verdes. A tarefa era fazer a fazenda autossustentar-se o quanto antes. Assim, se enfronhava cada vez mais no dia a dia, mas sem perder outras coisas de vista. Aos sábados à noite se esbaldava com Jandira nos bailes na casa de Antônio Neto, pé de valsa arretado; durante a semana pegava aulas de sanfona com o Jorge, músico requisitado para festejos; e aos domingos organizava peladas entre os colonos.

O futebol na fazenda era diferente do que se jogava em Rio das Flores. No campo, antigo pasto ao lado do cemitério do Abarracamento, jogavam descalços, o que era perigoso, pois havia tocos de árvore e espinhos espalhados pela grama rala. As topadas arrebentavam os pés.

Quem desse chutão para cima e cabeceasse a bola de volta virava craque. Aonde a bola ia, todos corriam atrás, como num jogo de crianças. Zé Reis não arriscava jogar. Com seus quilos a mais às vezes funcionava como juiz.

O campo na beira da br-135 chamava a atenção de quem passava de carro, trator, bicicleta, caminhão, charrete ou a cavalo, e muita gente parava para olhar e torcer por um dos times. Todo fim de ano Zé Reis dava como presente aos colonos dois pares de camisas e duas bolas. Os craques da fazenda eram Ozires e Delviro, que jogaram no time reserva do Rio das Flor.

Mas havia outra paixão, Zé Reis se emocionava com a Folia de Reis. Os cânticos, a música, a reza, os uniformes, o malabarismo dos palhaços, a atmosfera mexia demais com ele.

Certa vez, tomou coragem e pediu autorização ao seu Lelêco, mestre da Estrela Guia e afamado curandeiro, para ser palhaço na Folia de Reis.

Seu Lelêco era uma espécie de santo. Homem alto, magro, alourado, chapéu de palha na cabeça, pés descalços, voz fina. Nunca trabalhou na Forquilha, mas tinha parentes lá. Morava e trabalhava na fazenda ao lado, a Bem Posta, como roçador de pasto.

Sempre o chamavam quando alguém se machucava, se cortava, quebrava braço, perna ou se era picado por cobra. Ele chegava, rezava, conversava com o doente e com as pessoas em volta em tom baixinho, quase imperceptível.

Pegava um pedaço de pano vermelho, uma agulha, linha nova e enquanto costurava dizia, depois de perguntar o nome da pessoa: "O que eu coso?".

A pessoa respondia: "Carne quebrada, osso rendido e nervo ofendido".

"Esse mesmo eu benzo e coso, e carne quebrada que solda, nervo torto que se endireite, osso rendido que volte ao seu lugar. Tudo vai ser soldado, com o nome de Deus, Jesus e Virgem Maria."

Dali, se preciso, a pessoa era levada ao hospital em Valença. Muitas vezes não precisava, a benzedura era suficiente.

A folia saía pelas estradas de terra entre 24 de dezembro e 6 de janeiro, celebrando a visita dos

Três Reis Magos ao Menino Jesus. Os palhaços, mascarados e fantasiados, protegiam a bandeira, pedindo dinheiro aos moradores enquanto executavam malabarismos e faziam zoeira.

Seu Lelêco ficou de pensar sobre o pedido de Zé Reis. Pensou em aceitar de cara, mas tinha dúvidas se devia misturar o administrador, irmão do milionário Vicente, com os colonos das fazendas. Pediu um tempo.

Tristeza húngara

O presidente da CBD, Luiz Aranha, prometeu uma casa para cada jogador brasileiro. Bastava vencer a Itália do técnico Vitório Pozzo. O irmão dele, o ministro de Getúlio Vargas, Osvaldo Aranha, achou exagerado. Mas Vargas gostou da ideia. Vencer Mussolini não tinha preço.

Ademar Pimenta barrou Tim (o melhor em campo no segundo jogo contra a Tchecoslováquia em 12 de julho de 1938) e não pôde contar com Leônidas, machucado. Uma tragédia por ser a semifinal. O Brasil perdeu por 2 a 1 e foi eliminado. A Itália marcou aos seis minutos com Gino Colaussi. Minutos depois Domingos da Guia deu pontapé em Piola e fez pênalti. Giuzeppe Meazza, capitão da azurra, marcou com o cordão do calção rompido e ele quase caindo aos seus pés. Romeu, improvisado de centroavante, fez no finzinho o gol solitário da seleção. Niginho, atacante mineiro convocado para ser reserva de Leônidas, foi impedido pelos italianos de disputar a Copa, acusado de desertor do exército de Mussolini, porque tinha cidadania italiana e rompera contrato com a Lazio, fugindo da guerra para jogar no Palestra Itália, que durante a Guerra virou Palmeiras.

Os italianos jogaram melhor e o time brasileiro se confundia com a marcação de apenas dois zagueiros contra três atacantes. Domingos da Guia, o Divino Mestre, fez pênaltis em três dos quatro jogos, atordoado com o jeito que as seleções adversárias atacavam. Mesmo assim, ao lado de Leônidas, entrou na seleção do campeonato escolhida por jornalistas. Se Ademar Pimenta tivesse adotado o WM, em curso desde 1925, e não o 2-3-2-3, talvez o desastre não tivesse acontecido.

A seleção garantiu o terceiro lugar vencendo de virada por 4 a 2 a Suécia, goleada pela Hungria dias antes por 5 a 1.

Os brasileiros entravam cansados em campo. Em oito dias a seleção disputou quatro partidas e uma prorrogação em meio a 4 mil quilômetros em viagens de trens nada confortáveis dentro da França. A imprensa europeia saudou a participação brasileira, descobrindo pela primeira vez que o futebol sul-americano não se resumia a Uruguai e Argentina.

Na volta ao Brasil, os jogadores foram recebidos com carinho por torcedores e imprensa pela conquista do terceiro lugar. Ademar Pimenta voltou criticado por alterar demais o time, barrar Tim e poupar Leônidas contra a Itália.

O "homem borracha" regressou coberto de glórias por ser artilheiro da Copa com oito gols, redimindo-se da decepção que teve na Copa de 1934, na Itália, quando a seleção brasileira perdeu para a Espanha por 3 a 1 (gol dele) e foi eliminada. Disputando apenas uma partida, com a desistência do Peru, o Brasil passara direto para as oitavas de final.

A indústria de fumo Sudan lançou os cigarros Leônidas, que não fizeram sucesso, enquanto a Lacta produziu a barra de chocolate Diamante Negro, utilizando a imagem do craque, que recebeu um bom dinheiro em troca do uso do nome. Leônidas assinou excelente contrato com a Lacta, então fabricante do guaraná Espumante, um dos refrigerantes mais consumidos da época, que lhe deu inclusive participação nas vendas do chocolate.

Ferenc e Ladanyi fizeram questão de que Zé Reis ouvisse a final da Copa entre Itália e Hungria ao lado deles pelas ondas curtas de um imenso rádio valvulado Philips, colocado em lugar de honra na sala da chácara de Ferenc. Eles confiavam na dupla de ataque Sarosi e Zsebgeller, segundo e terceiro artilheiros da competição, atrás somente de Leônidas.

A Itália não tomou conhecimento dos húngaros. Sapecou 4 a 2. A dupla de artilheiros esbarrou no esquema defensivo armado por Vitório Pozzo, técnico que se tornou bicampeão mundial. Os italianos haviam renovado o time campeão de 1934 e com os novos jogadores ganharam a medalha de ouro nas Olimpíadas em Berlim e depois a Copa na França.

Quando saíram de Roma para disputar a Copa, receberam intimação do ditador Mussolini antes do embarque para a França: "vencer ou morrer". Ao receber a taça Jules Rimet, o capitão italiano Giuzeppe Meazza, sob os olhares do Duce Mussolini, que assistiu à decisão das tribunas, fez saudação nazista e acabou vaiado por grande parte do público presente ao estádio olímpico de Colombes, vizinho a Paris.

Ferenc e Ladanyi choraram como crianças, imaginando a dor dos amigos e parentes distantes. Os rioflorenses torceram pelos húngaros. Depois do jogo e da choradeira, os húngaros serviram para Zé Reis, Jandira, o prefeito Farid, o vigário dom Martinho e o escrivão Arides um apetitoso *goulash*, acompanhado de *spatzles*, macarrãozinhos preparados por Ferenc. Receitas da moça Andrea Kaufmann, amiga de Budapeste:

Goulash

Ingredientes
1 kg de paleta em cubos
Farinha de trigo para polvilhar
2 colheres (chá) de páprica
2 colheres (chá) de páprica picante
100 g de manteiga
2 colheres (sopa) de azeite

1 dente de alho

4 cebolas picadas

3 colheres (sopa) de vodca

2 maçãs descascadas e raladas

½ xícara (chá) de vinho branco seco

1 ½ litro de caldo de carne

1 pimentão vermelho

1 pimentão amarelo

Caldo e raspas de ½ limão siciliano

½ xícara (chá) de creme de leite fresco

Tomilho fresco a gosto

Sal e pimenta do reino moída na hora a gosto

Modo de preparo

1. Preaqueça o forno a 180ºC (temperatura média).

2. Corte a tampa dos pimentões e retire as sementes. Coloque os pimentões numa assadeira, leve ao forno preaquecido e deixe assar por uma hora. Em seguida, descasque e reserve.

3. Numa tigela, tempere os cubos de carne com a páprica doce, a páprica picante, sal e pimenta-do-reino a gosto. Polvilhe com um pouco de farinha de trigo. Isso fará com que a carne fique com uma cor mais bonita. Reserve.

4. Leve uma panela ao fogo médio. Quando aquecer, coloque os cubos de carne e deixe que dourem por igual. Desligue o fogo e transfira a carne para uma tigela.

5. Espete o dente de alho com um garfo e esfregue no fundo da panela que foi usada para selar a carne.

6. Leve a panela ao fogo médio e acrescente a cebola. Quando a cebola secar um pouco, coloque o azeite, a manteiga e as maçãs raladas. Misture rapidamente e adicione a carne. Deixe dourar.

7. A carne deverá ser flambada com a vodca. Para isso, com uma colher, empurre todos os cubos de carne para um dos lados da panela. No lado vazio, coloque a vodca e, com cuidado, deixe esse lado da panela levemente inclinado sobre a chama do fogão. Uma chama deverá tomar conta do fundo da panela.

8. Regue a carne com o vinho branco e deixe que evapore. Acrescente lentamente o caldo de carne e as folhas de tomilho. Quando o caldo tiver secado, deixe cozinhar por mais 5 minutos e desligue o fogo.

9. No liquidificador, bata os pimentões assados com um pouco do caldo de carne. Coloque este creme na panela com a carne. Deixe ferver, adicione o suco e as raspas de limão e o creme de leite fresco. Verifique os temperos e reserve.

A pedido de Ferenc, Zé Reis levou da fazenda creme de leite, pimentões, tomilho, cebola e limão siciliano. Na sobremesa serviram merengue de morangos frescos e torta de maçã.

Zé Reis jamais participara de jantar tão saboroso. Nem quando ia à casa do irmão Vicente, em Copacabana, e lambia os beiços com os jantares da cunhada alemã Gertrudes.

Ladanyi surpreendeu levando vinhos húngaros de sua adega particular. Era esmerado conhecedor, sommelier qualificado. Fez os convidados experimentarem tintos, brancos e espumantes. E se ajoelhou quando abriu uma garrafa do tinto Bikavér (sangue de touro), preciosidade húngara.

— Nós, húngaros, temos tesouros de castas nativas, como as brancas Furmint e Harlevelu e as tintas Kadarka e Kekfrankos. Os vinhos do vale do Danúbio, colinas do Balaton, o maior lago de água doce da Europa, são magistrais. Durante muito tempo o adocicado Tokaji era apreciado, nunca gostei. O tinto, o branco e os espumantes húngaros conquistaram o lugar merecido.

Ladanyi veio adulto com a família para o Brasil. Vivia em Buda, cidade alta, margem esquerda do Danúbio, parte histórica de Budapeste. Ao contrário de Ferenc, que nasceu e foi criado na Transilvânia e chegou ao Brasil com sete anos de idade.

Os dois húngaros eram queridos. Ferenc distribuía mel do apiário de graça uma vez por mês para as crianças, enquanto Ladanyi alegrava noitadas no clube 17 de Março cantando e tocando violão.

Rio das Flores amanheceu de luto, como se o Brasil tivesse sido derrotado.

Baita casório

O casamento de Zé Reis e Jandira teve festa grandiosa. A cerimônia celebrada pelo pároco dom Martinho aconteceu na capela Nossa Senhora da Glória, na casa-grande, decorada com agapantos, alfazemas e azaleias, flores do jardim da majestosa sede.

Clementina de Jesus, tia de Jandira, emocionou entoando cantos de jongos, acompanhada por tambores do pessoal do quilombo, enquanto dom Martinho fazia caretas de reprovação.

Veio gente de fazendas vizinhas, amigos de Zé Reis do tempo da Patioba, parentes de Jandira do quilombo São José da Serra, jogadores do Rio das Flor e de times da Liga Valenciana. Além de uma multidão que saiu de Rio das Flores em caminhões, carros, charretes e até a cavalo.

Depois da cerimônia serviram grandioso churrasco preparado no capricho por gaúchos que trabalhavam na Paraíso, belíssima fazenda vizinha, e pratos preparados especialmente por cozinheiras da

Santo Inácio, destaque para a galinha à cabidela, canjiquinha e leitoa assada.

O bolo de casamento de três andares, recheado com chocolate e marzipã, confeccionado pela própria noiva Jandira, imbatível doceira da região, fez sucesso. Jandira rejeitou a oferta de Ferenc de vir da Gerbô o bolo de casamento, preferiu fazer.

À noite, em dois dos três salões da fazenda, teve baile animado pela orquestra do maestro Chiquinho do Acordeon, show de Carmélia Alves, a rainha do baião, e de Os quatro azes e um Coringa, tudo bancado por Vicente Meggiore, que havia sido solto fazia tempo.

Ferenc foi padrinho com a namorada Bernarda, filha do prefeito Farid. Vicente Meggiore, outro padrinho com a mulher Gertrudes, mesmo contrário à união do casal, deu como presente de lua de mel estadia de fim de semana no Copacabana Palace, além de abrir o palacete de Petrópolis, no Bingen, para o casal ficar o tempo que quisesse.

Para se hospedar no famoso hotel e frequentar o cassino, Zé Reis e Jandira alugaram roupas e até smoking para ele. O casal dançou ao som da orquestra do maestro Fon-Fon, assistiu a show de Grande Otelo e Josephine Baker e deu de cara na piscina do hotel com Walt Disney, que estava no Brasil lançando o personagem Zé Carioca. Por um triz não cruzaram com a cantora francesa Mistinguett, adoentada, que não saiu do quarto durante os dias em que o casal esteve lá. Ela fazia sucesso nos palcos do cassino do hotel.

Jandira era apaixonada por Zé Reis, orgulhava--se dele, que sempre inventava coisas, agitava, não parava um só minuto. Ouvia dizer que ele tinha amantes em Rio das Flores, mas não acreditava. Se tivesse, como conseguia esconder os casos em uma cidade tão pequenininha?

Terminada a Copa do Mundo, o Rio das Flor realizou jogo-treino contra a seleção de Paraíba do Sul, distante oitenta quilômetros, para se exibir ao povo rio-florense antes do início da Liga Valenciana. Zé Reis cobrou ingresso e anunciou plano de sócio-torcedor para ajudar o time.

Como atração para a partida-exibição vieram de Paracambi os irmãos Osni (goleiro) e Ely do Amparo (zagueiro), o jovem Thomaz, do Byron, Jair, o do canhão nos pés de Quatis, e o veterano Gradim, jogador do Bonsucesso e ex-Vasco, apelidado de "Coringa" porque jogava em qualquer posição e estava de férias em Vassouras, cidade próxima.

Foi um baile, 7 a 1, gols de Thomaz (3), Jair, João Castelo Branco e Rubinho, atacante canhoto do Pau Seco, time do interior gaúcho, indicado por Gentil Cardoso e pelo escritor Moacyr Scliar. Thomaz, o Zizinho, demonstrou talento acima da média, assim como Jair, o Jajá de Barra Mansa. Deram show!

A torcida se empolgou, festejou e aumentou a expectativa para a estreia contra o Valenciano no domingo seguinte. Houve lamentação porque Osni, Ely, Thomaz e Jair não poderiam jogar pelo Rio das Flor, tinham outros compromissos. Gradim, como profissional, nem se fala. E também não havia dinheiro suficiente para contratá-los.

Um mês depois do fim da Copa do Mundo, o assunto era o assassinato de Lampião e seu bando na fazenda de Angicos, sertão de Sergipe, por tropas do governo, que os perseguiam fazia tempo.

Lampião, o rei do cangaço, que barbarizava o Nordeste desde os anos 1920, foi decapitado, assim como alguns integrantes do bando: Quinta-feira, Mergulhão, Elétrico e Moeda. A companheira Maria Bonita foi degolada ainda viva. As cabeças dos cangaceiros, salgadas, levadas para exibição em Maceió e Salvador provocou protestos e indignação.

Plínio Salgado saiu da prisão em julho e embarcou em um navio para o exílio em Portugal. Vicente, que fora libertado bem antes, ia bastante à Forquilha. Queria tudo funcionando a mil e, para reforçar a administração e ajudar Zé Reis, levou seu Pinheiro, desempregado depois que Getúlio desapropriou a Patioba.

O ano de 1938, o primeiro do Estado Novo, chegava ao fim com Getúlio garantido pelas Forças Armadas, especialmente o Exército, e apoiado numa política de massas. "Nosso pequenino fascismo tupiniquim", como definiu Graciliano Ramos em *Memórias do cárcere*.

Vicente levava os filhos, a mulher Gertrudes e alguns sobrinhos para se divertir nos feriados e férias escolares, enquanto ao lado de Zé Reis e seu Pinheiro fiscalizava a quantidade de leite enviada à Cooperativa de Rio das Flores, cobrava pagamento ao Banco do Brasil pelos cafezais arrancados e promovia melhorias na casa-grande, no engenho, no paiol e nos currais.

Mas o mundo vivia assustado com a iminente Guerra Mundial.

A Guerra Civil na Espanha, que acontecia desde 1936, prosseguia feroz. Guernica, no País Basco, era bombardeada, enquanto Franco recorria aos préstimos dos parceiros fascistas Mussolini e Hitler para combater os republicanos, com a ajuda de Portugal de Salazar e do Vaticano.

A Ação Integralista, por sugestão de Vicente, enviou uma dúzia de voluntários para lutar ao lado dos nacionalistas de Franco. Eles voltaram sem um arranhão, e houve gente que até duvidou que tivessem entrado em combate. Não entraram mesmo, foram até lá e assistiram de longe, mas regressaram ao Brasil contando vantagens.

Getúlio fazia média com o povão, liberando a prática da capoeira e permitindo o uso de tambores nos terreiros de candomblé. Proibia, porém, através de decreto-lei, as mulheres de praticar vários esportes.

A absurda e cruel polícia política comandada por Filinto Muller mandava matar, torturar ou encarcerar gente suspeita de ser contra o regime.

"As pastorinhas", com Sílvio Caldas; "Camisa listrada" e "Na baixa do sapateiro", com Carmem Miranda; "Touradas em Madrid", com Almirante, e "Se acaso você chegasse", com Cyro Monteiro, eram as músicas mais cantadas. O povo ainda chorava a morte precoce do poeta da Vila, Noel Rosa, aos 26 anos, que deixou obra fantástica de 259 composições.

Zé Reis teve outra má e uma boa notícia no finzinho do ano.

Seu Lelêco não atendeu ao pedido para ele ser palhaço, prometeu que no próximo ano seria possível, agora não, havia gente suficiente na Folia de Reis Estrela Guia.

A notícia que o deixou feliz e emocionado foi a que Jandira esperava uma menina e tinha até nome escolhido: Nilza.

A gravidez de Jandira não foi bem recebida por Vicente. O irmão mais velho não aprovava o romance desde o início. Achava estranho Zé Reis, o administrador, se casar com moça negra, família humilde, empregada da fazenda. Zé Reis sempre dava de ombros para as críticas de Vicente.

A notícia triste foi a morte de Dorival Kürschner, na verdade Izidor Kürschner, húngaro que plantou a semente do clube com Zé Reis e Ferenc. Dori, como o chamavam, sofreu ataque fulminante depois de dirigir o Botafogo. Estava com 53 anos. Ferenc e Ladanyi foram ao enterro no Rio e ficaram inconsoláveis durante um bom tempo.

Celeiro de craques

Rio das Flor fechou o ano em estado de graça.

O Vermelho e Branco conquistou a Liga Valenciana com pé nas costas. Jogo difícil apenas um, contra o Coroados, em Valença — as disputadas eram ida e volta —, quando venceu por um suado 3 a 2. Nos outros, só goleadas, a maior de 6 a 0 no Monte D'Ouro.

O atacante gaúcho Rubinho foi destaque e artilheiro da competição, enquanto Ozires e Delviro, retireiros nos currais da Forquilha, se saíram bem atuando nas laterais.

Outro que se destacou foi o goleiro Aristides, sobrinho de seu Lelêco, tratorista da prefeitura, conhecido como o Batatais do Sul Fluminense, devido à semelhança física, não esportiva, com o goleiro do Fluminense e da seleção brasileira.

Rio das Flor conseguiu vaga na Liga Fluminense. Sob o comando de Ladanyi, dos sete campeonatos que disputou, o time de Rio das Flores ganhou cinco. Jogava num wm estilizado, mas o fato de Ladanyi se utilizar de métodos de psicanálise para dirigir o Rio das Flor chamou a atenção da imprensa húngara.

Jornalistas de revistas e jornais húngaros se deslocaram para Rio das Flores para entrevistá-lo. Ladanyi revelou-lhes segredos que não havia contado a ninguém durante os dez anos em que estava no país.

— Fiz cursos com Freud na Áustria, em companhia da Melanie Klein, grande amiga. Meu mestre foi Sándor Ferenczi, o pai do estudo psicanalítico na Hungria. Ele estudava o impacto do trauma infantil na construção do indivíduo. E pesquisou bastante sobre hipnose. Foi companheiro de Freud e Carl Jung. Suas aulas e palestras me marcaram muito.

Rubinho, artilheiro da liga em todos os anos, decidira voltar a Pau Seco, saudoso da família e dos amigos, para a alegria dos pau-sequenses que tinham nele o maior jogador de todos os tempos do lugar.

Foi um baque, mas o jovem que entrou em seu lugar arrebentou. Virou imediatamente ídolo do Rio das Flor: Genuíno, motorista de caminhão da prefeitura. Fazia gol de tudo quanto é jeito. Em Sete Lagoas deu os primeiros passos no juvenil do Bela Vista, e foi morar em Rio das Flores porque o pai arranjou emprego de telegrafista na estação ferroviária e carregou junto a família. Como era motorista, Zé Reis conseguiu vaga para ele.

O time rio-florense transformou-se rapidamente em celeiro de jogadores. Jovens de municípios vizinhos e de outros estados iam lá fazer testes. A fama de revelar talentos se espalhou. Ferenc e Zé Reis, sob a orientação de Ladanyi construíram dormitório e refeitório para abrigá-los. Os fazendeiros, empolgados, continuavam fazendo vaquinha para ajudar, vislumbrando uma maneira de fazer dinheiro com transferência de jogadores.

O time principal, na véspera dos jogos pela Liga Fluminense, se concentrava numa pequena chácara vizinha ao apiário do húngaro. Os times cariocas enviavam olheiros para observar jogadores e muitos saíam do Rio das Flor direto para o certame mais importante do país: Neca e Santo Cristo (São Cristóvão), Pé de Valsa (Bonsucesso), Moacir Bueno (Bangu), Itim (América), Graham Bell, uruguaio que foi ainda menino viver em Rio das Flores (Botafogo). Os jogadores ganhavam muito pouco e qualquer salário em dia os levava embora.

EXCURSÃO DA MORTE

O empresário chamado José Albernaz apareceu na cidade e fez proposta a Zé Reis e a Ferenc. Disse que havia acertado uma excursão à Amazônia com o Santa Cruz, do Recife, que enfrentaria adversários do Amazonas, do Pará e de alguns estados do Nordeste. Subiriam a costa de navio e entrariam de barco nos rios amazônicos. Mas estava com um problema: alguns jogadores do Santa haviam abandonado o clube e outros estavam contundidos. Pensou no Rio das Flor, de folga entre uma disputa da Liga Fluminense e outra, e que possuía um elenco muito bom. Poderiam formar um combinado e dividir o dinheirinho.

Zé Reis e Ferenc, sem relutância, toparam participar. Zé Reis até que hesitou, mas se deixou levar pela conversa mole do empresário.

Nove jogadores foram escolhidos: Salim da Guia, goleiro; Arreguy e Marcelo Gomes, zagueiros; Todé e Bruno Pereira, meio-campo, e os atacantes Edu Souza, Lamparina, Broa e Tiburcinho. Eles embarcaram em um navio na praça Mauá rumo ao Recife em companhia do empresário Albernaz, de Zé Nelson, assistente técnico de Ladanyi que não quis viajar de jeito nenhum, e Arides, escrivão da Prefeitura de Rio das Flores, como tesoureiro.

No Recife os jogadores do Rio das Flor treinaram apenas uma vez no Santa Cruz e seguiram imediatamente viagem em companhia de outros dez jogadores, do técnico Gil Luiz Mendes, do massagista Zeca, do roupeiro Fumaça e de dois dirigentes, um deles médico.

Vivendo numa pacata cidade do interior do estado do Rio, os nove jogadores do Rio das Flor jamais poderiam imaginar a tremenda aventura em que iam se meter!

Lendo o *Jornal dos Sports*, Zé Reis soube dos primeiros detalhes da viagem, apelidada de "a excursão da morte":

Para fugir dos submarinos alemães os navios viajarão à noite, com as luzes apagadas. Os jogadores serão abrigados no convés. No dia 2 de janeiro de 1943, com a Segunda Guerra Mundial em seus momentos mais terríveis, banhando a Europa de sangue, e com o Brasil tendo declarado guerra contra as forças do Eixo, não era hora para esta excursão principalmente porque os submarinos alemães circulam pela costa brasileira.

A delegação do Santa Cruz, o Cobra Coral, reforçada pelos jogadores de Rio das Flores embarcou no vapor *Pará*, do Lloyd Brasileiro, que saiu do porto do Recife com destino a Natal, a primeira parada da temporada. Na verdade, queriam ter ido para Paranamaribo, Guiana Holandesa, mas o CND (Conselho Nacional de Desportos) não autorizou que a delegação deixasse o país.

Zé Reis passava na estação ferroviária para pegar telegramas que Tiburcinho enviava. Havia combinado com o jogador que não deixasse de narrar os acontecimentos, porque tinha receio de que algo ruim pudesse acontecer aos jogadores do Rio das Flor.

O primeiro relato:

— Seu Zé, estávamos com medo, mas como dois navios da Marinha de Guerra nos escoltaram, ficamos aliviados. Jogamos contra a seleção potiguar aqui em Natal e ganhamos por 6 a 0. Do nosso grupo só eu, Broa, Salim da Guia, Todé e Lamparina jogamos. Estamos bem, fique tranquilo.

Tiburcinho enviou a primeira carta a Zé Reis assim que chegou a Manaus.

Fizemos viagem em vapor gaiola que sobe o rio Amazonas. De Belém, onde ganhamos os quatro jogos que fizemos, fomos para Manaus. A dez milhas por dia, a gaiola levou duas semanas para chegar a Manaus. Com a viagem longa, cansativa e tensos com a guerra, alguns de nossos jogadores passaram mal. Na estreia, perdemos para o Olímpico por 3 a 2. Em seguida, goleamos o Nacional por 6 a 1. Depois desse jogo uma forte disenteria atacou o chefe da delegação, sr. Aristófanes da Trindade, e Pinhegas, França, King, Guaberinha, Edésio, Papeira, e os nossos Salim e Broa. Todos foram medicados e liberados, mas com recomendações alimentares. Fizemos outra viagem de vapor, agora descendo o rio Amazonas. O plano da delegação era chegar a Belém, pegar o vapor *Ita* e voltar para Recife. King e Papeira tiveram violenta recaída da tal disenteria. O médico a bordo afirmou que eles estavam com febre tifo, terrível doença. Chegamos a Belém no dia 28 de fevereiro e foram reservadas passagens para a gente embarcar no primeiro vapor que tivesse como destino Recife. Para nosso azar, no dia 1º de março, o governo decretou a paralisação do tráfego marítimo.

As famílias dos jogadores do Rio das Flor, aflitas e desnorteadas, queriam mais detalhes. Estavam sem notícias e apreensivas, o mundo estava em plena Guerra. Zé Reis foi ao Rio de Janeiro e, depois de dias tentando se comunicar com eles, conseguiu conversar rapidamente pelo telefone com Tiburcinho. A ligação era ruim e caía a todo instante.

— Arranjamos novos jogos para pagar as despesas com alimentação e hospital. Hospedagem não é problema, porque estamos alojados na garagem náutica do Clube do Remo. Avise que estamos bem, seu Zé.

Pelo *Jornal dos Sports*, que recebia com dois dias de atraso em Rio das Flores, Zé Reis soube do pior.

Dois dias depois da vitória sobre o Remo por 4 a 2, a fatídica excursão teve seu primeiro mártir: na madrugada do dia 4, a febre tifo matou o jogador King. O corpo ficou na sede da Federação Paraense de Desportos e foi enterrado no cemitério de Belém. Mais três dias e novo jogo foi realizado. Era domingo de Carnaval e o Santa Cruz/Rio das Flor jogou de luto. Depois do jogo, receberam outra notícia trágica: a febre tifo também matou Papeira. Todo mundo chorou.

O pessoal estava desesperado. Os dirigentes tentaram retornar ao Recife por via aérea, mas, além das deficiências da aviação comercial, não havia dinheiro para comprar as passagens. Quando o tráfego marítimo foi reaberto, a delegação conseguiu vaga num rebocador que os levaria ao Recife. Quando todos estavam alojados, veio a ordem de que não podiam viajar porque o navio havia recebido carga inflamável.

O chefe da delegação, Aristófanes Trindade, já não sabia o que fazer. Houve parada em São Luís. Para juntar algum dinheiro, os jogadores trocaram as passagens de primeira por outras de terceira classe e foram obrigados a viajar na companhia de 35 ladrões que a polícia do Pará estava exportando para o Maranhão. Por garantia, as quinze taças conquistadas ao longo da temporada, foram cuidadosamente guardadas. Medida desnecessária, pois jogadores e ladrões se tornaram amigos.

Em São Luís o navio ficou retido e só poderia seguir em comboio. Como o radar acusava submarinos alemães na área, o comandante do navio resolveu permanecer na capital maranhense.

Os jogadores decidiram então retornar por terra. O trem, de São Luís a Teresina, descarrilou duas vezes. O time ainda jogou algumas partidas no Piauí, antes da viagem de ônibus para Fortaleza.

Era quase meia-noite do dia 2 de maio quando a delegação do Santa Cruz/Rio das Flor chegou ao Recife via Fortaleza. Os jogadores chegaram exaustos, nervosos e abatidos. A temporada começou no dia 2 de janeiro e durou quatro meses. Um total de 28 jogos.

E os jogadores do Rio das Flor ainda enfrentaram viagem de oito dias a bordo do navio *Piauí*, do Lloyd Brasileiro, até o Rio de Janeiro.

Rio das Flor demorou, mas se recuperou dos percalços da maldita excursão e voltou a encher de orgulho a cidade. Salim da Guia, Arreguy, Marcelo Gomes, Todé, Edu Souza, Bruno Pereira, Lamparina, Broa e Tiburcinho, participantes da excursão da morte, entraram na cidade em cima da carroceria do caminhão da Cooperativa de Leite junto com Zé Reis e Ferenc.

O prefeito Farid recebeu os jogadores na praça principal ao som da animada fanfarra do município e deu a cada um, com o aval da Câmara de Vereadores, o título de cidadão rio-florense, pois nenhum deles nascera na cidade.

O soturno Dutra

Deixo o governo para que por minha causa não se derrame sangue brasileiro. Não guardarei ódios nem prevenções pessoais. Sinto que o povo, ao qual nunca faltei no amor que lhe devoto e na defesa de seus direitos, está comigo. Ele me fará justiça.
Da carta renúncia de Getúlio Vargas, 29 de outubro de 1945

O Estado Novo chegava ao fim depois de oito anos. Getúlio decretara anistia aos prisioneiros políticos de direita e de esquerda, alguns, como os comunistas, desde 1935.

Prestes, que ficou aquele tempo todo preso, retomou o Partido Comunista Brasileiro com alguns companheiros, como Gregório Bezerra, Carlos Marighella e João Amazonas. Declarou pouco depois apoio a Vargas.

Getúlio não durou muito tempo no poder, deposto pelos generais Góis Monteiro e Eurico Dutra, que o haviam apoiado durante o Estado Novo. Eleições livres foram convocadas em todo o país. Na eleição de 1945, as mulheres votaram pela primeira vez para presidente.

Jandira, empolgada com a conquista feminina, mandou fazer vestido no Rio de Janeiro, comprou par de sapatos em Valença e se enfeitou com o colar que ganhara de casamento e que jamais havia usado. Foi toda prosa em companhia da mãe Maria votar em Rio das Flores no Dutra, general soturno e caladão, candidato pelo PSD. Zé Reis tentou demovê-la do voto no general, mas não teve jeito.

Zé Reis colocou na urna a cédula com o nome do engenheiro Yedo Fiúza, prefeito pouco conhecido de Petrópolis, candidato do PCB, e foi na maior estica: terno azul-marinho do casamento e extravagante gravata-borboleta vermelha, para chamar a atenção de que o voto era no Partido Comunista. Numa escola de Copacabana, Vicente votou no brigadeiro Eduardo Gomes, ex-tenente de 1922, lançado por liberais reacionários da UDN que detestavam Getúlio.

Eurico Gaspar Dutra, confesso admirador de Hitler, com apoio de Getúlio se elegeu presidente, derrotando com folga (3,2 milhões de votos contra 2 milhões) o candidato udenista brigadeiro Eduardo Gomes. O slogan "Vote no brigadeiro, ele é bonito e é solteiro" não colou. O comunista

Yedo Fiúza, escolhido por Prestes não se sabe por quê, conquistou mirrados 600 mil votos, um deles do craque Leônidas da Silva, que justificou o voto assim: "votei no Fiúza porque sou um homem do povo". A imprensa o questionou se seria possível ser comunista e católico. Leônidas rebateu: "Não há nenhum erro em acreditar em Deus e ser comunista, porque tanto a religião católica, quanto o comunismo, se preocupam com os pobres, com o povo".

Prestes fez grandes comícios em São Januário e no Pacaembu, mas se segurou, foi candidato a senador e a deputado, elegendo-se em vários estados e fazendo o PCB ressurgir com a eleição de catorze deputados federais, 46 estaduais e muitos vereadores. Getúlio, em autoexílio na estância de Santos Reis, em São Borja, se elegeu senador com mais de um milhão de votos pelas legendas do PTB e PSD, por Rio Grande do Sul e São Paulo, e deputado por quatro estados, além do Distrito Federal.

Plínio Salgado, vivendo em Portugal, encantado com a ditadura salazarista, não se candidatou a nenhum cargo. Vicente Meggiore correu o país fazendo campanha para candidatos a deputado pelo PRP (Partido da Representação Popular), que reunia antigos integrantes da Ação Integralista. Poucos integralistas se elegeram.

Na Forquilha votaram Zé Reis, Jandira e mãe Maria; Otacílio, zelador da cocheira e domador de cavalos; Jorge, sanfoneiro; Antônio Neto, chefe dos roçadores de pasto; Zé Antônio, organizador dos terreiros de café e barbeiro dos colonos; e Ozires e Delviro, que cuidavam dos currais. Os outros colonos, analfabetos, não podiam votar. Apenas Zé Reis votou no Yedo Fiúza, todos os outros votaram no Dutra.

Já presidente, o insípido general Dutra, atendendo a um pedido da mulher, a supercarola Carmela, conhecida por dona Santinha, proibiu os jogos de azar, sob o argumento de que o jogo "é degradante para o ser humano".

A época gloriosa e opulenta dos cassinos durou doze anos. Com a proibição e o fechamento de setenta cassinos, o desemprego atingiu perto de 40 mil trabalhadores entre músicos, cantores, figurinistas, produtores, costureiras, técnicos de som e de iluminação, além de crupiês, garçons, barmen, cozinheiros, serventes, seguranças, pessoal da administração e limpeza. Estava feita a vontade de dona Santinha, odiada pelo resto da vida pela classe artística.

Os grandes craques

Leônidas podia fazer o que bem entendesse.
Até mesmo atropelar gente na rua. Atropelou
um homem no Mangue, sem respeitar o sinal.
A multidão fez parar o Ford: lincha, lincha,
mas quando viu que era Leônidas acabou com
o lincha. Leônidas, corre Leônidas... Nem o
guarda tomou nota do número do carro.
Mário Filho

O grande craque brasileiro nas décadas de 1930 e 1940 era Leônidas da Silva. Zizinho já se rivalizava com ele. Em 1939, Leônidas ganhou concurso promovido pelos cigarros Magnólia que escolheu o maior craque do país. O Diamante Negro venceu com folga: 240 mil votos contra 121 mil de Hércules, do Fluminense, e 113 mil de Oscarino, do América.

Zizinho e Leônidas chegaram a jogar juntos no Flamengo por uma temporada. O jogo mais importante que fizeram foi pela seleção carioca na decisão do Campeonato Brasileiro, quase no final de 1940, segunda partida da melhor de três contra os paulistas, em São Januário. Vitória dos cariocas por 4 a 0, dois gols do Diamante Negro.

Leônidas foi vendido ao São Paulo, transação mais cara do futebol brasileiro, onde brilhou e foi campeão paulista cinco vezes entre 1942 e 1949, quando encerrou a carreira.

A estreia de Leônidas, empate de 3 a 3 contra o Corinthians, levou 70218 torcedores ao Pacaembu, recorde absoluto. O time são-paulino de 1943 com King, Piolim e Virgílio, Zezé Procópio, Zarzur e Noronha, Luisinho, Sastre, Leônidas, Remo e Pardal foi um dos maiores esquadrões de todos os tempos.

Zizinho e Jair, acompanhados por Zé Reis desde jovenzinhos, eram agora jogadores de seleção brasileira. Disputaram a Copa Rio Branco e o Sul-Americano entre 1940 e 1942 como titulares, e viraram ídolos em seus clubes. Zizinho no Flamengo, onde foi tricampeão em 1942, 1943 e 1944, e Jair, depois de jogar pelo Madureira, campeão pelo Vasco em 1945.

Jair foi destaque e artilheiro, com nove gols, da seleção brasileira campeã sul-americana em 1949, torneio disputado no Rio, São Paulo e Belo Horizonte, sem a presença da Argentina. Zizinho comeu a bola.

Zé Reis e Ferenc assistiram ao jogo de desempate entre Brasil e Paraguai em São Januário: 7 a 0, dois de Jair, três de Ademir e dois de Tesourinha, espremidos junto aos mais de 55 mil torcedores que se mandaram para o estádio do Vasco, cujo time era a base da seleção.

O Uruguai disputou a competição com time formado por jovens, porque os principais jogadores, liderados por Obdúlio Varela, estavam em greve contra os baixos salários que recebiam e se negaram a viajar para o Brasil.

Faltava um ano para o início da Copa do Mundo e as obras do Maracanã avançavam. Jair e Zizinho estavam em ponto de bala. Zé Reis se gabava de desconfiar que Zizinho e Jair iriam longe. Zizinho reunia a picardia de Tim e era a versão mais modernizada de Romeu. Jair chamava a atenção pela cacetada de canhota e a malandrice. Na seleção jogavam como meias, e Ademir, o Queixada, artilheiro pernambucano do Vasco, de centroavante. Quando entrava o botafoguense Heleno de Freitas no centro do ataque, Ademir era deslocado para a ponta-esquerda.

Zé Reis enviava telegramas de felicitações e disparava telefonemas quando Jair e Zizinho venciam partidas por clubes, seleções carioca e brasileira.

A novidade do futebol nos anos 1940 veio do América e ganhou apelido de tico-tico-no-fubá, alusão ao choro composto por Zequinha de Abreu, paulista de Santa Rita do Passa Quatro, gravado por Carmem Miranda. O ataque China, Maneco, César, Lima e Jorginho firulava de um lado para o outro, trocava passes perto da área, levando os torcedores ao delírio e ao desespero — "O tico--tico tá/ tá outra vez aqui/ o tico-tico tá comendo o meu fubá".

O time não era campeão porque não fazia muitos gols, gostava mesmo de driblar. O craque Maneco, negro franzino, baixinho, serelepe, pintava o caneco, chegou a ser apontado como sucessor de Leônidas da Silva.

Amigo de Maneco, Ladanyi — sem que o América soubesse — levou o Saci de Irajá para mostrar, em apenas três dias, aos jogadores do Rio das Flor como ele e os companheiros realizavam as maravilhosas proezas.

O jovem atacante do América, empolgadíssimo com o convite, jogou uma partida da Liga contra o Valenciano. A vitória de 1 a 0, gol dele, serviu para o time rio-florense saber como deveria agir. O ataque Piolho, Raimundinho (que deu lugar a Maneco contra o Valenciano), Denoni, Broa e Tiburcinho, utilizando as instruções de Maneco, encantou durante um bom tempo as torcidas do estado do Rio de Janeiro.

Palhaço da folia

O investimento em sete vacas holandesas deu resultado e aumentou consideravelmente os litros de leite enviados pela Forquilha à Cooperativa de Rio das Flores. O rebanho de cem vacas, em duas ordenhas diárias, produzia 1300 litros diários de leite. Das sete holandesas saíam 175 litros. O aumento foi o bastante para a Forquilha enviar litros de leite também para a Cooperativa de Andrade Pinto, porque a de Rio das Flores já não dava vazão.

Vicente demitiu meia dúzia de colonos, que ficaram sem função depois que o Banco do Brasil começou a pagar pelos pés de café arrancados.

E trouxe duas famílias de italianos, seis pessoas, recém-chegadas da Calábria, com a tarefa de colocar a horta e o pomar em ordem. Zé Reis não aprovou as demissões, mas recebeu com euforia os italianos porque curtia o pomar como ninguém.

A Forquilha vivia um momento encantado. Havia bailes em casas de colonos nos fins de semana, ensaios de Carnaval eram realizados na escolinha, missas com presença de gente de fazendas vizinhas e dos colonos aconteciam uma vez por mês na capela de Nossa Senhora da Glória e, aos domingos, a bola rolava no campinho, com o time da Forquilha enfrentando equipes de fazendas e sítios da região.

Além de Nilza, Jandira e Zé Reis tiveram mais dois filhos em escadinha, Vicentinho (em homenagem ao irmão e patrão) e Helena. Zé Reis não teve mais a companhia de seu Pinheiro, levado de volta ao Rio para tomar conta do condomínio de casas populares que Vicente construía na Boca do Mato, ao lado do Méier.

Zé Reis enfim virou palhaço da Folia de Reis de seu Lelêco, assumindo o compromisso de não faltar durante sete anos seguidos. Zé Reis jurou que cumpriria o combinado.

O palhaço é figura misteriosa e estranha. Em alguns lugares o identificam como Diabo, Exu e Satanás. Na Estrela Guia, o contramestre Tachico não deixava o pessoal tomar cachaça, com medo de alguém incorporar Exu. Os palhaços se apresentavam com máscaras apavorantes, roupas coloridas e chapéus extravagantes, exatamente o que fez Zé Reis se apaixonar pela Folia. Os palhaços traziam pequenos embornais para guardar o dinheiro recolhido.

A Folia seguia de casa em casa levando estandarte e bandeira em forma de cruz decorada com flores e fitas coloridas. Além do mestre, contramestre e palhaços havia músicos e cantadores. Os músicos tocavam acordeão (na Forquilha era o Jorge), violão, batiam pandeiros e usavam uniforme: camisa de cetim, calça branca e quepe de marinheiro com enfeites. Eles pediam licença para entrar nas casas cantando a música feita pelo pessoal da Estrela Guia de Rio das Flores, Folia muito considerada na região desde Valença até Paraíba do Sul.

Santo Reis na sua casa
É sinal de alegria
Ele veio trazer saúde
Para o senhor e família.

Meu senhor dono da casa
Hoje eu vim lhe visitar
Vim trazer meu Santos Reis
Pra sua casa abençoar.

Nós fazemos a imitação
Como os três magos fizeram
Quando foram para Belém
Quando de Belém vieram.

Ao término da "visita" ocorre o momento mais esperado pelos devotos e espectadores: a chula. Forma-se a roda e do centro o mestre convida os palhaços para participar. Cada palhaço declama alguns versos. É comum haver provocações através dos versos. Aí se dá a participação da população local que instiga, provoca, ri, grita, vaia, saúda, aplaude os palhaços e, no fim, os presenteia com algumas moedas.

Os donos da casa servem café e doces para os integrantes da Folia. Jandira se esmerava para preparar doces de banana e bolinhos de chuva para a turma de seu Lelêco. E também para os devotos que acompanhavam a festa.

Zé Reis ficava agitado também quando surgiam grupos de ciganos, acampando nas terras da fazenda. Cinquenta a setenta pessoas, entre homens, mulheres, jovens e crianças se instalavam em barracas na beira da estrada que liga a Forquilha a Rio das Flores. Zé Reis não achava ruim. Adorava a música que cantavam acompanhados por acordeão ao redor de fogueiras. Os fazendeiros vizinhos reclamavam, acusavam os ciganos de roubar galinhas, porcos e até cavalos.

Zé Reis gostava de passear pelos acampamentos e pedir às ciganas para ler sua mão. Apreciava o brilho das jovens ciganinhas, tesudas, vestidas em roupas coloridas, lenços na cabeça, que esbanjavam sensualidade e deixavam os colonos ouriçados. Tinhoso como o quê, tentou se engraçar com uma das jovens, e foi rechaçado de pronto pela mãe da moça.

Outro grupo cigano ia à Forquilha uma vez por ano reformar o alambique, construído sob a supervisão deles. Os ciganos trabalhavam com peças de cobre como ninguém e eram fundamentais para o alambique funcionar a contento.

Zé Reis e Vicente tentavam de tudo para melhorar a qualidade da cachaça, mas o solo inadequado e a qualidade da cana não ajudavam. O corte não era bem-feito, assim como o armazenamento e a fermentação. Havia anos que faziam testes, contratavam gente especializada, mas a cachaça Forquilha não deslanchava. Enquanto isso, fazendas vizinhas produziam cachaça de excelente qualidade, o que deixava Vicente fulo de raiva.

O baião contagiava o país e o sucesso era música homônima: "Baião", de Luiz Gonzaga e Humberto Teixeira. Zé Reis ouvia sem parar os sucessos de Luiz Gonzaga na pequena vitrola que ganhou de aniversário de casamento. "Eu vou mostrar pra vocês/ como se dança o baião/ e quem quiser aprender/ é favor prestar atenção".

O samba mantinha prestígio com "Praça Onze", de Herivelto Martins, crítica ao desaparecimento da praça devido à abertura da avenida Presidente Vargas. "Vão acabar com a praça Onze, / não vai mais haver escolas de samba, não vai." O cantor e pianista boa-pinta Dick Farney, irmão de Cyl Farney, galã das chanchadas, arrebatava corações com o samba-canção "Copacabana", de Alberto Ribeiro e João de Barros. "Existem praias tão lindas/ cheias de luz/ nenhuma tem o encanto/ que tu possuis."

Na fazenda o som era o do calango. Executado em batida ligeira e repetitiva com sanfona, viola, cavaquinho, pandeiro e caixa, animava os bailes na casa do festeiro Antônio Neto e os casamentos da região. Os músicos eram os mesmos da Folia do seu Lelêco.

Como não havia luz elétrica e as casas dos colonos eram pequenas, estendia-se do lado de fora uma enorme lona de caminhão, escorada com toras de madeira e lampiões pendurados nos cantos para alumiar. O chão batido, socado, não evitava que a poeira vermelha subisse e infestasse roupas e cabelos, avermelhando os olhos.

O calango comia solto até o amanhecer. Antes de o sol dar bom-dia, retireiros e ajudantes davam no pé para tocar o gado para a primeira ordenha do dia nos currais espalhados pelos quatro bairros da fazenda.

Zé Reis acompanhava o noticiário pelo rádio e explicava aos colonos como a Guerra Mundial chegou ao fim, com um saldo de mais de 50 milhões de mortes, assim como a trágica Guerra Civil espanhola, com derrota dos republicanos e a morte de 150 mil pessoas e milhares de desaparecidos.

Ele fantasiava as histórias. Narrava sem pressa, sentado num banquinho de madeira na porta do engenho, em frente ao escritório. Os colonos ficavam de boca aberta com os causos, se divertiam, batiam palmas. Era como se assistissem a um filme no Cine Santa Thereza, em Rio das Flores. Zé Reis gesticulava, imitava vozes, dizia poemas, cantarolava.

Depois das cinco da tarde, quando o sino colocado em frente ao engenho tocava avisando o fim do expediente, e até escurecer, Zé Reis era o centro das atenções. Várias vezes Jandira tirava-o à força porque o jantar estava esfriando. Enquanto Zé Reis se exibia, Zé Antônio, com esmero, fazia barba e cabelo do pessoal.

Frente a frente com Gegê

O sr. Getúlio Vargas, senador, não deve
ser candidato à presidência. Candidato,
não deve ser eleito. Eleito, não deve tomar
posse. Empossado, devemos recorrer à
revolução para impedi-lo de governar.
Carlos Lacerda

Chega 1950. Um ano que valeu por dez!

Houve eleição em outubro e, meses antes, a IV Copa do Mundo foi disputada em nossa terra. A televisão entrava no ar pela primeira vez na América Latina com a inauguração da TV Tupi, de Assis Chateaubriand. A vedete de teatro rebolado Elvira Pagã foi eleita Rainha do Carnaval e Marlene, derrotando a rival Emilinha, Rainha do Rádio.

Já éramos mais de 50 milhões de habitantes.

Getúlio correu o Brasil de ponta a ponta, fez dezenas de comícios, visitou mais de cinquenta cidades pregando discurso nacionalista, defendendo a independência econômica do país, diante do desastre do governo Dutra, que não agradava a ninguém. Tinha 67 anos e pressa para voltar ao poder.

E o Gegê ganhou! "Bota o retrato do velho outra vez! Bota no mesmo lugar, o retrato do velhinho faz a gente trabalhar."

Com mais de 48% dos votos, 3 849 040, derrotou o eterno perdedor udenista brigadeiro Eduardo Gomes, que obteve 2 342 384 votos e o mineiro pessedebista Cristiano Machado, com 1 697 017 eleitores. O potiguar Café Filho, advogado e inimigo do Estado Novo, se elegeu vice-presidente pelo PSP de Adhemar de Barros, vencendo disputa cabeça a cabeça com o udenista mineiro Odilon Braga. Getúlio fez alianças a torto e a direito, inclusive com Café Filho.

Zé Reis, getulista enrustido, adorou a volta de Vargas, mas não abria o jogo para o irmão e patrão, que queria ver Getúlio pelas costas e, se possível, preso. Vicente se envolveu nas eleições e fez campanha para Odilon Braga, apoiado pelo PRP, e amigo de velha data. Por intermédio da estrelíssima Virgínia Lane, amiga de Ladanyi e amante do Gegê fazia anos, Zé Reis conseguiu um feito extraordinário. Encontrou-se com o ídolo Getúlio em um apartamento no Largo do Machado, entre os Palácios Guanabara e do Catete, onde ele mantinha garçonnière para noites de prazer com a vedete do Brasil.

Getúlio o recebeu vestido com robe de seda vermelho enrolado por cima de pijama listrado e de pantufas. Ficou todo o tempo sentado em confortável poltrona, tendo ao lado mesinha com abajur, livros, papéis e caneta, cuia de chimarrão e um par de óculos. Foi jogo rápido, serviu para Zé Reis agradecer-lhe pela recente consolidação das Leis do Trabalho, assinada no estádio de São Januário, onde ele estava misturado à multidão, dar-lhe forte abraço e ganhar um charuto Havana e um autógrafo em papel branco com os dizeres: "Para o querido amigo José Ignácio dos Reis do seu admirador Getúlio Dornelles Vargas".

Zé Reis ficou impressionado com a baixa estatura de Getúlio, apenas 1,63 m, quando ele se levantou para levá-lo à porta. Na volta à Forquilha não contou para Jandira como conseguiu o autógrafo. Disse a ela que pedira a um amigo que trabalhava no Palácio do Catete e este, depois de muito tempo, conseguiu e o entregou em mãos. E só não fez um quadro com ele para Vicente não fazer perguntas. O autógrafo foi guardado no cofre. Quanto ao charuto, disse ter comprado na Tabacaria Africana, na praça xv.

O Rio das Flor mantinha prestígio na Liga Fluminense, mas não era mais campeão a toda hora. Chegava entre os primeiros. Sempre apareciam olheiros de times do Rio, Minas e São Paulo e levavam os melhores jogadores embora.

O atacante Genuíno foi um deles. Jogou no Madureira e em seguida no Vasco. Largou o Vasco no meio do contrato e voltou a morar em Minas para ser motorista, aborrecido com a vida em cidade grande. E entrou para a história do futebol como Genuíno Caminhão, o craque — jogava muito mesmo — que trocou o futebol pela boleia.

Zsa Zsa e Martim

Nicolas Ladanyi resolveu ir embora.

Queria assistir às partidas da Copa no Maracanã e depois voltar para a Hungria, saudoso da terra natal. Antes, passou breve temporada em Petrópolis como treinador do Petropolitano. Tinha o sonho de frequentar o Hotel Quitandinha, com capacidade para mil pessoas e que fervilhava exibindo shows com atrações internacionais. Ladanyi, boêmio, era amigo do empresário Joaquim Rolla, dono do Quitandinha e do antigo Cassino da Urca, onde havia trabalhado. Acabou não viajando para a Hungria e, depois da Copa, arranjou emprego como diretor social do hotel.

Ferenc sentiu a ausência do amigo. Zé Reis se entristeceu, fazia dez anos que conviviam em Rio das Flores, e tratou de arranjar substituto. Quem lamentou a decisão de Ladanyi foram os sócios do clube 17 de Março, onde ele passava para cantar e tocar violão. Muitas vezes foi *crooner* em bailes animados por conjuntos que vinham de fora.

A passagem inesquecível de Ladanyi por Rio das Flores aconteceu depois do Carnaval de 1949. Ele levou Zsa Zsa Gábor, famosa estrela húngara de Hollywood, para passar alguns dias na cidade. Conhecera a atriz no baile do Copacabana Palace e a moça se encantou com ele, homem vistoso, alto, olhos azuis. E com a vantagem de ser conterrâneo.

Rio das Flores virou notícia mundo afora. Teve direito a fotos em jornais norte-americanos de Zsa Zsa Gábor tomando banho nua na cachoeira do Amor, nas terras da fazenda Independência.

Ela deu autógrafos, tirou fotos, desfilou com vestido super decotado em cima de um jipe sem capota emprestado pelo Moacir Bastos, fazendeiro local, enquanto jogava beijos para os moradores. Consta que nos dias que passou em companhia de Ladanyi esvaziou sozinha três litros de uísque.

Por indicações de amigos fazendeiros, um jovem de Barbacena foi escolhido para substituir Ladanyi, Martim Francisco, de apenas 21 anos, de tradicional família mineira e estudioso de futebol. Diziam que lia tudo sobre táticas e havia inventado esquema inovador, o 4-2-4, que tinha como ponto de partida o WM de Chapman, de quem era ardoroso fã.

Martim chegou desconfiado a Rio das Flores, carregando duas malas repletas de livros, principalmente de filosofia e futebol. Aos poucos se enturmou com Zé Reis e Ferenc, que, entusiasmados com a explicação sobre o 4-2-4, o tratavam com enorme distinção.

Notavam que Martim bebia além da conta durante as noites na vendinha do Tatá. Às vezes, trôpego, precisava de ajuda para voltar para casa.

O 4-2-4 revolucionou a maneira de jogar do Rio das Flor. Os adversários sofriam para enfrentá--lo. Pena que Martim ficou pouco tempo, tendo aceito convite para treinar o Vila Nova, de Nova Lima. Mesmo depois de sua saída o time manteve o esquema durante anos, com pequenos intervalos.

Martim Francisco, apelidado O professor, recuou um quarto homem, formando a linha defensiva com dois laterais e dois zagueiros e adiantou um jogador para ficar próximo aos três da frente. O time passou a jogar com goleiro, quatro defensores, dois meias e quatro atacantes. Um sucesso!

Como aconteceu com o WM de Dori Kürschner, o time da pequena cidade na divisa do estado do Rio com Minas, cortado pelo rio Preto, grande produtora da época do café do Vale do Paraíba, terra onde foi batizado Santos Dumont, era protagonista de mais um esquema tático, o 4-2-4 de Martim Francisco.

Para o lugar dele, Martim indicou um jovem de Andradas, João Avelino, apelidado de 71, número de inscrição no curso profissionalizante que fez no Senai. João Avelino se deu bem em Rio das Flores porque seguiu exatamente o método de trabalho do jovem Martim Francisco.

Nasce o Maracanã!

Houve intensas e acaloradas discussões na Câmara de Vereadores sobre a construção do Maracanã por causa da Copa do Mundo. Carlos Lacerda, inimigo público número um do projeto, perdeu a queda de braço para o compositor e locutor de futebol Ary Barroso, seu colega de UDN.

Desde que o Pacaembu foi inaugurado em maio de 1940, os cariocas sonhavam em construir um estádio municipal mais moderno e bem maior do que o de São Januário, construído em 1927, e onde cabiam 35 mil pessoas. Com a proximidade da Copa, o sonho virou realidade com o apoio do novo presidente da República, general Dutra.

Ary, torcedor fanático do Flamengo, lutou como pôde pela construção, enquanto Lacerda, que não estava nem aí para futebol, desejava uma Vila Olímpica em Jacarepaguá. Vitorioso das polêmicas também foi Mário Filho, que defendeu com unhas e dentes em artigos no *Jornal dos Sports*, de sua propriedade, a obra do maior estádio do mundo.

"Vamos provar a capacidade do povo brasileiro", escrevia Mário Filho exaltando o futuro templo do Maracanã. "Acreditar no estádio é acreditar no Brasil", proclamava em tom patriótico nas páginas do jornal com as famosas páginas cor-de-rosa.

Na construção do estádio no Maracanã, cuja pedra fundamental foi lançada em 28 de janeiro de 1947, em um lugar que servia como palco para corridas de cavalos e competições hípicas, o Derby Club — numa área de 200 mil metros quadrados, 130 mil ocupados pelo estádio — foram usadas 500 mil sacos de cimentos que empilhados dariam dois Pães de Açúcar, 10 mil toneladas de vergalhões de ferro (unidos uns aos outros dariam uma volta e meia em torno da Terra), 60 mil metros cúbicos de terra, 45 mil de areia e 650 mil metros quadrados de madeira.

Vicente Meggiore lucrou com a construção do estádio. Associou-se a mais duas empreiteiras e participou de boa parte da obra. Como a acompanhava constantemente, convidou Zé Reis para ver como andavam as coisas.

Zé Reis ficou maravilhado com o gigantismo. Chorou de emoção. Para ele, fanático por futebol, estar ali era mais do que um presente, era um acontecimento histórico em sua vida, algo mágico. Momento para não esquecer jamais. Quando voltou à fazenda, contou o que viu para os colonos. Desta vez não precisou exagerar nos detalhes, o que vira era grandioso demais.

E acabou que um dos orgulhos do Rio das Flor, o goleiro Osvaldo Topete, entrou para a história por sofrer o primeiro gol do Maracanã, em 17 de junho, amistoso de portões abertos entre seleções de novos do Rio e São Paulo, um dia depois da inauguração oficial, que reuniu Dutra, o prefeito Mendes de Moraes, políticos, candidatos em campanha eleitoral, dirigentes esportivos, bicões, jornalistas e convidados que subiram a rampa principal entre filas de alunas do Instituto de Educação.

A partida serviu de teste para a Copa que começaria dali a uma semana. O primeiro gol no estádio foi marcado por Didi, sestroso jovem meia do Fluminense comprado ao Madureira, aos nove minutos da partida. Os paulistas venceram por 3 a 1.

Osvaldo Topete jogou meia temporada no Rio das Flor, emprestado pelo Ypiranga da capital paulista enquanto se recuperava de contusão no tornozelo. Voltou à ativa no Ypiranga e foi convocado para o amistoso. Gostou tanto da cidade que, antes de se transferir para o Bangu, disputou algumas partidas na Liga Fluminense pelo time rio-florense.

A Copa em casa

*O gol de Ghiggia ficou gravado, na memória
nacional, como um frango eterno. O brasileiro
já se esqueceu da febre amarela, da vacina
obrigatória, do assassinato de Pinheiro
Machado. Mas o que não esquece, nem a
tiro, é o chamado frango de Barbosa.*
Nelson Rodrigues

A Argentina não veio, magoada por ser preterida
pelo Brasil, e muita gente lamentou ausências de
craques como Di Stéfano e Labruna. Mas veio o
Uruguai, cujos clubes tinham sofrido menos com
as investidas do El Dourado colombiano.

Investidas essas que não atingiram em cheio
o futebol brasileiro, porque os melhores jogadores, com a certeza ou a esperança de que seriam
convocados, nem quiseram ouvir propostas que os
impedissem de ser campeões do mundo (entre os
que já tinham vestido a camisa da seleção, apenas

dois foram jogar na Colômbia: Tim, aos 34 anos, já em fim de carreira, e Heleno, cujas últimas chances de ser chamado acabaram no final de 1949, quando, armado de revólver, ele brigou feio com Flávio Costa na sede de São Januário).

Quem jogasse na Colômbia não disputaria a Copa, pois a Fifa considerou o El Dourado colombiano ilegal. E os jogadores seriam punidos.

A Itália veio muito desfalcada, os seus melhores jogadores pertenciam ao Torino, pentacampeão italiano e base da seleção, e foram vítimas fatais no desastre aéreo de 4 de maio de 1949, quando o avião que transportava a delegação do clube de Turim se chocou contra a basílica de Superga, matando dezoito jogadores.

A Hungria, para imensa tristeza de Ferenc e Ladanyi, assim como Romênia, Tchecoslováquia, Bulgária e Polônia, países satélites da chamada Cortina de Ferro, não se inscreveram para disputar as eliminatórias.

A Fifa programou eliminatórias entre as 34 seleções inscritas. Número recorde de oito desistências registrou-se em três continentes. Na América do Sul, Peru e Equador fizeram companhia à grande ausente, a Argentina. Como consequência, Uruguai, Chile e Bolívia classificaram-se sem precisar ir a campo.

A quarta Copa do Mundo, a primeira com Jules Rimet dando nome à taça de ouro que praticamente criara, teve sorteio no Itamaraty e não obedeceu a critérios técnicos.

De um lado, os cabeças de chave: Brasil, Itália, Uruguai e Inglaterra, que finalmente reconhecia a Copa do Mundo como um campeonato importante, retribuindo assim a ajuda que a Fifa lhe dera ao organizar o torneio de futebol dos Jogos Olímpicos de 1948, em Londres.

Do outro lado, os outros doze finalistas foram dispostos em ordem alfabética: Bolívia, Chile, Espanha, Estados Unidos, França, Índia, Iugoslávia, México, Paraguai, Suécia, Suíça e um X representando a esperança de que Portugal, derrotado pela Espanha nas eliminatórias, aceitasse o convite da CBD para substituir a Escócia.

Feito o sorteio, no grupo 1 ficaram Brasil, Iugoslávia, México e Suíça.

No 2, Inglaterra, Espanha, Chile e Estados Unidos.

No 3, Itália, Suécia, Paraguai e Índia, que também desistiria.

E no 4, Uruguai, França, Bolívia e o X de Portugal. Como este decidiu não vir e a França também pularia fora, não aceitando viajar para enfrentar o Uruguai em Porto Alegre e o X em Belo Horizonte, o grupo 4 ficou reduzido a dois concorrentes. E seria decidido na única partida entre Uruguai e Bolívia.

Zé Reis assistiu ao jogo inaugural contra o México no dia 24 de junho e vibrou intensamente com a vitória de 4 a 0, dois gols de Ademir, um gol do amigo Jair Rosa Pinto e outro de Baltazar. Voltou maravilhado para a fazenda. Descreveu o estádio do Maracanã para os colonos como quem fala de uma catedral. Detalhe por detalhe. Narrou as peripécias em que se envolveu para chegar ao estádio. Seguiu de trem de Rio das Flores, com baldeação em Barra do Piraí para trocar de bitola, até a Central do Brasil, uma viagem de seis horas. E lá pegou uma lotação. Como o trânsito estava infernal, foi a pé até o estádio, uns cinco quilômetros. O clima de festa lembrava dia de Carnaval.

— Nunca vi tanta gente junta. O estádio ocupa alguns alqueires. Ainda não está totalmente pronto, na arquibancada ainda há andaimes. Me emocionei na revoada de pombos, na entrada da banda dos fuzileiros navais e na entrada dos times em campo.

Os colonos não se continham. Faziam perguntas sem parar. Cada um deles imaginava de um jeito o interior do estádio. Eles só conheciam o Maracanã pelas fotos do lado de fora. Zé Reis explicava com calma.

— Na execução do hino nacional não resisti, chorei sem parar. Quando a bola rolou, fiz sinal da cruz, apertei o santinho de São Judas Tadeu contra o peito e agradeci a Deus por estar ali. No primeiro gol, o do Ademir, quase tive um troço. Me acalmei com o decorrer da partida. No gol de Jair, o segundo, caí de novo em prantos.

E concluiu:

— Foi a maior emoção da minha vida.

Zé Reis ouviu pelo rádio os outros jogos da seleção brasileira na iv Copa do Mundo. Ele seguia no Land Rover para Rio das Flores, em companhia de alguns colonos. Aos solavancos, todo mundo apertadinho, percorriam a estrada de terra cantando e dando risadas.

Iam para o bar do Sinval, onde colocaram possantes rádios para a população ouvir Jorge Cúri e Antônio Cordeiro, locutores da Nacional (pr-8), cada um narrando uma metade do campo. Isso porque Zé Reis foi voto vencido, preferia ouvir os jogos na voz aveludada de Oduvaldo Cozzi na Mayrink Veiga (pra-9), com comentários do compositor e jornalista pernambucano Antônio Maria, conhecido pela ironia e perspicácia.

Estava tudo pronto para dar certo. A seleção passou com tranquilidade pelo México (4 a 0), Iugoslávia (2 a 0), Suécia (7 a 1) e Espanha (6 a 1). A goleada contra a forte seleção espanhola, com direito a requintes técnicos jamais vistos numa seleção brasileira, virou festa. Quando o voluntarioso Chico marcou o quarto gol, aos dez minutos do segundo tempo, a torcida enlouquecida cantou em coro "Touradas em Madrid", sucesso carnavalesco de 1938.

Na única partida disputada pela seleção brasileira fora do Maracanã, a seleção empatou com a Suíça em 2 a 2, no Pacaembu, em seu segundo jogo na Copa. Zizinho, que acabara de ser contratado pelo Bangu, contundido, estreou apenas contra a Iugoslávia na terceira partida. Foi a maior atuação dele na Copa, fez gol, teve outro anulado, deu passe para Ademir fazer um e saiu de campo ovacionado.

Jair Rosa Pinto, que jogava pelo Palmeiras depois de ter a camisa número 10 queimada pela torcida rubro-negra acusado de corpo mole na goleada de 5 a 2 diante do Vasco, foi o melhor em campo e marcou um gol na estreia contra o México.

Havia temor de que o estádio do Maracanã fosse grande demais e que não enchesse de gente.

Já na primeira partida contra o México, dia de São João, o gigante de concreto gerou a maior renda registrada até então numa partida de futebol na América do Sul, Cr$ 2,6 milhões. A geral custava Cr$ 15, arquibancada Cr$ 30 e cadeira numerada Cr$ 140. Os ingressos eram vendidos na sede da CBD, no Clube Ginástico Português no Centro ou nas lojas Dragão dos Tecidos. Zé Reis não pagou ingresso, ganhou de presente de Vicente uma arquibancada.

A TRAGÉDIA GREGA

Era 16 de julho de 1950. O palco da grande final entrou para a história como o dia da tragédia grega do futebol brasileiro.

A final — ou o jogo histórico que o acaso converteu em final — teve um primeiro tempo sem gol. Aos dois minutos do segundo, Friaça pôs o Brasil em vantagem. Aos 21, Juan Schiaffino empatou (técnico e jogadores brasileiros, mesmo sabendo que o empate lhes bastava, teriam sido psicologicamente afetados pelo silêncio que se fez no estádio). E, aos 34, o gol de Ghiggia. O lance foi parecido com o primeiro: Ghiggia ultrapassando Bigode e entrando livre pela esquerda da área brasileira. Só que, no primeiro gol, ele centrou para Schiaffino finalizar; no segundo, finalizou ele mesmo.

Uruguai 2, Brasil 1.

Muita gente teve parcela de culpa na derrota, além dos jogadores e do técnico Flávio Costa. Parte da imprensa, ao proclamar o Brasil campeão antes que a bola rolasse. O general Ângelo Mendes de Moraes, prefeito do Distrito Federal, ao fazer, antes do jogo pelos alto-falantes do Maracanã, discurso de exortação do tipo "Eu lhes dei o estádio, vocês nos deem a Copa do Mundo".

Os supersticiosos apontam a bandeira do Brasil hasteada de cabeça para baixo na execução dos hinos e o capitão Augusto perder a disputa do *toss* pela primeira vez na Copa como causas da derrota.

Os mais críticos ao trabalho de Flávio Costa apontam o fato de o técnico concordar com a realização de uma missa às seis e meia da manhã na capela de São Januário, obrigando os jogadores a ficar de pé por duas horas. E também permitir que o almoço nesse mesmo dia da grande final, também no estádio do Vasco, recebesse milhares de pessoas, não deixando os craques ficarem à vontade.

Depois do gol de Ghiggia, aos 34 minutos, virando o jogo em 2 a 1 para o Uruguai, a multidão esperou nervosamente durante onze minutos pela chance de gritar "Brasil campeão!". Não pôde. O Maracanã, construído para fazer a maior festa do nosso futebol, se calou. A imensa massa de torcedores foi embora cabisbaixa, arrasada, em clima de enterro, enquanto jogadores e dirigentes uruguaios comemoravam em campo. Não houve vaias, mas o silêncio.

Em cada canto do país a decepção. Em Rio das Flores não foi diferente. Zé Reis voltou arrasado para a fazenda, consolado por Ferenc, e, num ímpeto de desespero, ameaçou acabar com o time do Rio das Flor, tão decepcionado que ficou com o futebol.

Na verdade, Zé Reis chegou mesmo a desistir de tocar o Rio das Flor. Ferenc levou um mês convencendo-o a voltar. Acabou conseguindo, à custa de muitas conversas varando a madrugada na charmosa varanda da sede da Forquilha.

Zizinho de surpresa

Se os deuses concederam a Zizinho a graça do futebol, o tempo não o escalou na época certa.
Cláudio Mello e Souza

Não é que na manhãzinha seguinte ao jogo, horas depois da tragédia no Maracanã, Zizinho apareceu na fazenda da Forquilha a bordo de um táxi! Abatido, nem trazia mala, só a roupa do corpo.

Zé Reis, surpreso, emocionado e preocupado, o acolheu carinhosamente e o instalou no mais confortável quarto de hóspedes da casa-grande. Passaram o dia na fazenda. À noite, entre goles de cachaça e cerveja, Zé Reis e Zizinho vararam a madrugada conversando. Zizinho não conseguia dormir e dizia não saber muito bem como foi parar ali. Lembrava de pegar carona do Maracanã até a praça xv para pegar a barca da Cantareira para Niterói, onde morava, quando esbarrou numa multidão impressionante.

Assustado, pensou em ir para um hotel e se esconder, mas não queria ficar trancado, sozinho, se revirando na cama. Estava sem sono e muito tenso. Viu então um taxista amigo, o Marinho, e entrou imediatamente no carro dele. Ficaram dando voltas pela cidade. Não sabiam onde parar, havia gente por todo canto e Zizinho não queria ser reconhecido.

Foi quando num estalo se lembrou de Zé Reis e da Forquilha, lugar tranquilo, sem alvoroço, onde podia descansar e refletir sobre a tragédia da qual acabara de participar.

Levaram quatro horas e meia para chegar à Forquilha. Zizinho até cochilou durante o trajeto.

Zizinho, o melhor jogador do país. Mirradinho, 1,69 m, era um demônio. Habilidoso, não fazia muitos gols, mas municiava como ninguém os companheiros. "Pianista e carregador de piano ao mesmo tempo", dizia-se dele.

Mestre Ziza reinou com a camisa do Flamengo. O seu azar foi a Segunda Guerra impedir a realização das Copas de 1942 e 1946. Estaria no auge da forma, jovem, comendo a bola como o maior ídolo rubro-negro. Se foi o melhor na Copa de 1950, imagina nessas outras!

Jogava no Byron de Niterói quando ficou amigo de Zé Reis, que o levou para fazer testes no América, time do coração dos dois. Os técnicos das divisões inferiores acharam Zizinho pequenininho demais e o dispensaram, o que deixou Zé Reis profundamente irritado e Zizinho magoado.

Zizinho, assim como Friedenreich, El Tigre, o primeiro grande ídolo negro do futebol brasileiro — filho de um comerciante alemão e uma empregada doméstica, filha de escravos —, gastava um tempão diante do espelho para amassar a cabeleira cheia dos lados e espichada para cima. E se alguém o provocava por causa do cabelo, partia para a briga.

Na Forquilha, Zizinho fez caminhada, tomou banho de cachoeira e foi de charrete jogar conversa fora e tomar umas no Orestes, vendinha onde os colonos faziam compras e tomavam cachaça e vermute. À noite, depois do jantar, retomou a conversa com Zé Reis. As pessoas na venda o trataram com muito respeito e devoção e ele ficou emocionado. Zé Reis tentava acalmá-lo.

— Perder a Copa é chato, terrível. Mas você saiu por cima, foi eleito o melhor jogador e ainda tem anos pela frente para mostrar o enorme talento.

— Queria ser campeão do mundo. Fui eleito o melhor jogador jogando com uma perna só, meu joelho esquerdo não estava nada bem e por isso fiquei fora contra México e Suíça. Já imaginou se estivesse na melhor forma?

— Mas contra a Iugoslávia, quando estreou, parecia estar numa forma notável!

— Não, não estava, não. Não podíamos perder. O Johnson e o Mário Américo não me deixaram dormir. Aplicaram toalhas quentes e um remédio que, segundo o Augusto, era para cavalo, um troço que botavam nos animais do Jóquei. Não sei como os animais aguentavam. A pomada queimava que não era brincadeira.

— Afinal, mestre, por que perdemos a Copa? Não éramos melhores que eles?

— Eles jogaram mais do que a gente. Muita gente boa lá: Obdúlio, Schiaffino, Júlio Perez, Miguez. E o Máspoli, bom goleiro. No táxi, o Marinho taxista contou que estão culpando o Barbosa e também o Juvenal e o Bigode. Isso não se faz. É injustiça. O Barbosa fez tudo certo. No gol do Schiaffino, ele fechou o gol e o Ghiggia cruzou para a cabeçada. No segundo gol o Barbosa pensou certo. Entendeu que o Ghiggia ia repetir e cruzar aberto. Então ficou na posição ideal para cortar o centro. Aí, o Ghiggia jogou entre ele e a trave. O que faltou foi a cobertura do Juvenal. Culpado foi quem escalou o Juvenal.

— Dizem que a troca de concentração bagunçou tudo, é verdade?

— Sim, perdemos a Copa também na mudança. Estávamos tranquilos no Joá e, no dia em que fomos para São Januário, a partida com o Uruguai passou a não mais existir. Uma porção de políticos passou a ir lá. Ninguém aguentava mais. Até dois candidatos a presidente da República apareceram: Adhemar de Barros e Cristiano Machado, ambos com comitivas enormes. Eu gostava de fazer balão de São João com o Nilton Santos e o Danilo e na véspera da decisão não foi possível: não havia espaço para esticar papel no chão. Foi um inferno.

— Está magoado também com outra coisa. A saída do Flamengo, não é?

— Sacanagem que fizeram comigo. Dez anos dedicados ao clube jogados no lixo. Fui vendido para o Bangu sem ninguém me consultar. Quando o Silveirinha disse que comprou o meu passe por 800 mil, grana altíssima, sem o Flamengo me avisar, disse que assinava em branco só pela mágoa com o Dario Mello Pinto, presidente que nunca perguntou se eu queria ou não ser vendido.

Um mês depois, Mestre Ziza com a camisa vermelha e branca do Bangu enfrentava (derrota por 3 a 2) sete antigos companheiros de seleção — Barbosa, Augusto, Eli, Danilo, Ademir, Chico e Maneco —, além do técnico Flávio Costa, em um Vasco e Bangu pelo campeonato carioca, iniciado 28 dias após a final da Copa. O Vasco foi campeão (o primeiro do novo estádio), tirando o pão da boca do América, que estava na dianteira, invicto fazia dezessete jogos, e acabou derrotado nos três últimos jogos.

O ano se encerrou de maneira surpreendente. Obdúlio, sim Obdúlio Varela ligou para Zizinho, Barbosa e Ademir convidando-os para um churrasco em sua casa em Montevidéu. Atônitos, mas emocionados com o gesto do capitão da celeste campeã do mundo, aceitaram o convite.

Durante anos o encontro com churrasco se repetiu, reunindo além de Ademir, Barbosa e Zizinho craques uruguaios amigos de Obdúlio. Os adversários, os terríveis rivais da final do Maracanã, tornaram-se grandes amigos. E quando se encontravam falavam de tudo, menos da partida.

Zizinho dizia que tinha contato telepático com Obdúlio.

— Eu sei sempre como é que vai o Obdúlio. E ele sabe sempre como estou. Num passa uma semana sem que eu pense: como é que está aquele sacana. Eu sou espírita, ele também. Penso sempre na saúde dele. Quando a gente se encontra, tomamos um vinho federal.

Béla Guttmann

No finzinho de 1950, João Avelino virou auxiliar técnico. É que Ferenc levou o jovem húngaro Béla Guttmann para dirigir o Rio das Flor. Béla, ex-zagueiro da seleção húngara, depois de dirigir equipes na Hungria, Áustria, Romênia e Itália, comandava o Quilmes, da Argentina, e não estava feliz em Buenos Aires. Ferenc soube, mandou recado e ele rapidamente aceitou dirigir o Rio das Flor.

Béla Guttmann ficou apenas um mês e meio na cidade, não havia dinheiro suficiente para segurá-lo, mas incutiu nos jogadores e na comissão técnica novidades europeias e o espírito de jogar para o ataque. João Avelino voltou ao cargo em seguida.

O técnico húngaro, judeu, tinha uma história de vida impressionante. Sobrevivente do Holocausto, fugiu de um campo de trabalhos forçados e se escondeu durante meses no sótão do irmão de sua futura mulher, Mariann, antes de se mandar para os Estados Unidos. O seu pai e seu irmão foram assassinados pelos nazistas.

Na América trabalhou como bailarino e enriqueceu vendendo álcool em plena lei seca em clubes noturnos. Com a quebra da Bolsa, perdeu todas as poupanças e nem dando aulas de dança conseguiu escapar da crise.

Voltou à Hungria e, em 1939, perdeu o emprego no Újpest por ser judeu, apesar de ter conquistado dois troféus.

Ele foi trabalhar na Itália impressionado com conversas que manteve com Zé Reis, que se transformara em exímio conhecedor de táticas e esquemas depois de conviver com Dori Kürschner, Gentil Cardoso e Martim Francisco. De tanto falar das qualidades de Zizinho, o maior jogador que viu jogar, Zé Reis fez a cabeça de Béla Guttmann. Que prometeu:

— O dia em que eu dirigir um time no Brasil contrato o Zizinho, pelas maravilhas dele que você me contou.

No início de 1951, um ano depois da tragédia da Copa do Mundo, Zé Reis voltou ao Maracanã para prestigiar o outro ídolo, Jair Rosa Pinto. Fazia tempo que não se viam. O craque jogava no Palmeiras e ia pouco ao Rio.

Zé Reis desejava ter ido antes ao Maracanã assistir ao jogo final entre Vasco e América pelo Carioca de 1950, disputado em janeiro do mesmo ano da Copa Rio Internacional.

Preocupado em não passar mal, excitado demais que estava, atendeu ao pedido de Jandira e ouviu na fazenda a partida pelo rádio. Reuniu alguns colonos para torcer juntos, mas não deu certo. O Vasco venceu por 2 a 1, gols de Ademir contra um de Maneco, resultado que deixou Zé Reis arrasado pela chance que o América desperdiçou de ser o primeiro campeão no maior estádio do mundo.

Portanto, ficou entusiasmado quando recebeu convite do Jajá de Barra Mansa para assistir à final da Copa Rio Internacional contra a Juventus da Itália. O torneio reunia oito equipes: Vasco, Áustria Viena, Nacional do Uruguai, Sporting, Juventus, Nice, Estrela Vermelha, além do Palmeiras. Os times se enfrentavam em turno único. O Palmeiras fez os três primeiros jogos no Pacaembu, vencendo o Nice (3 a 1) e o Estrela Vermelha (2 a 1), perdendo de goleada para o Juventus por 4 a 0. Nas semifinais contra o Vasco, no Maracanã, venceu por 2 a 1 e empatou em 0 a 0.

Na decisão do título o Palmeiras ganhou o primeiro jogo da Juventus por 1 a 0, gol do ponta-esquerda Rodrigues. Precisava de empate no segundo jogo para ser campeão do mundo. Terminou 2 a 2 e Jair, como capitão, recebeu o belíssimo troféu e comandou a volta olímpica. Jair estava eufórico, se não conseguiu ser campeão mundial com a seleção, foi com o Palmeiras.

Zé Reis, que assistiu à decisão das numeradas — a partida contra o México na Copa ele viu da arquibancada — ficou ainda mais deslumbrado com o estádio.

Os andaimes haviam sido retirados e o Maracanã estava um brinco. Comemorou junto com os quase 83 mil torcedores a conquista palmeirense. Depois da volta olímpica, nos vestiários, encontrou Jair, deu-lhe forte abraço, foi apresentado ao goleiro Oberdan Cattani, um de seus preferidos na posição. Os outros eram Barbosa e Castilho. E apresentado ao médio Valdemar Fiúme, o "pai da bola", que jogava em várias posições. Ganhou de presente a camisa do zagueiro baiano Juvenal, titular da seleção na Copa e apontado como um dos responsáveis, junto com Barbosa e Bigode, pelo gol de Ghiggia, que deu o título ao Uruguai. Juvenal chorava e gritava de alegria.

A Liga Fluminense seguia com predomínio das equipes de Campos (Goitacaz, Americano e Campos), Petrópolis e Niterói. O prestígio do Rio das Flor declinava. Zé Reis e Ferenc andavam preocupados. Estava difícil segurar um bom técnico e os jogadores que se revelavam eram imediatamente levados por times profissionais do Rio e de São Paulo. O dinheiro andava curto.

Lobisomem

[...] *não é qualquer um comedor de farinha que pode lidar com lobisomem, bicho de muita astúcia no atacado e no varejo.*
Coronel Ponciano de Azeredo Furtado em *O coronel e o lobisomem*, de José Cândido de Carvalho

Zé Reis, Jandira e os filhos não moravam mais na casa-grande. Ele construiu na entrada da Forquilha uma aconchegante casa com quatro quartos, acomodações suficientes para receber parentes e visitas, e com uma ampla cozinha, para alegria de Jandira, que gostava de ficar lá durante o dia, à beira do fogão de lenha. Ela costumava deixar pedaços de porco enfiados numa lata com banha. Se chegasse alguém fora de hora, pegava a carne e passava na frigideira. Acima do fogão, linguiças defumavam sem pressa. O aroma das delícias ganhava os aposentos. Era só pôr os pés na casa que já se sentia o cheirinho arrebatador dos quitutes de Jandira.

Na entrada da casa construiu varanda espaçosa, decorada com vasos de samambaias gigantes e trepadeiras presas nas paredes caiadas de branco. Atrás da casa, um riachinho, onde se podia pescar acarás e traíras e as crianças se banhavam nos dias quentes e ensolarados, dava um toque de poesia ao lugar.

Quando se aproximava o Natal, a Forquilha recebia o libanês Salim Piriá, mascate que carregava enorme baú, coalhado de quinquilharias, panos, joias, perfumes, toalhas, vestidos, unguentos e louças. Sempre com pressa para entregar as encomendas principalmente para as mulheres, que o esperavam ansiosas, e faziam pedidos para quando o "turquinho" voltasse.

Salim e Zé Reis tinham uma parceria. Zé Reis oferecia hospedagem, alimentação e um jumento para o "turquinho" se locomover entre as fazendas vizinhas. Em troca, ficava com pequena porcentagem das vendas.

Zé Reis ficou destruído com a notícia da morte, aos 54 anos, de seu cantor preferido: Francisco Alves, o Rei da Voz. Não dava para chamá-lo de amigo, mas encontrou-se muitas vezes com ele. Sabia na ponta da língua quase todos os seus sucessos, e o que mais cantava era '"Adeus, cinco letras que choram", música entoada por mais de 200 mil fãs que levaram o caixão de Chico Viola ao cemitério São João Batista. Foi o maior enterro acontecido no Rio, comparável ao do barão do Rio Branco e de Rui Barbosa.

Na noite de 29 de setembro de 1952, assim que soube da morte em desastre na Rodovia Rio-São Paulo, em Una, cidadezinha entre Taubaté e Pindamonhangaba, quando o vistoso Buick dirigido por Chico Alves chocou-se com um caminhão, Zé Reis caminhou pela estrada de terra que liga a Forquilha a Rio das Flores, parando um pouco aqui, um pouco ali, sentindo o cheiro forte dos manacás e jasmins da noite que brotavam nas bordas do caminho. Chorava que nem criança. Adorava Chico Alves como a um Deus!

Quem viu Zé Reis naquela noite, jurava que seus olhos verdes viraram imensas bolas de fogo. Desde então ele adotou a mania de andar pela noite sem destino todas as vezes que se zangava ou recebia notícia ruim. Nas noites de lua cheia, corria à boca pequena que se transformava em lobisomem. Os colonos morriam de medo de cruzar com Zé Reis nessas horas.

— É lobisomem, sim — diziam. — O vento sopra muito forte quando ele passa com aqueles olhos faiscando.

Apesar de não gostar da maneira que ele cantava, voz macia e tranquila, Zé Reis era amigo de Mário Reis. Foi ele quem o apresentou a Francisco Alves, porque tinham algo em comum, torciam pelo América. E, em 1931, quando o time rubro conquistou o quinto título de campeão carioca, os três assistiram a dois jogos juntos no estádio de Campos Sales.

Zé Reis ficou amigo de Mário Reis porque tinha parentes na rua Afonso Pena, Tijuca, junto à praça do mesmo nome, onde morava o cantor, que foi campeão de tênis e jogador de futebol pelo América. O pai dele, Raul Reis, foi presidente do clube nos anos 1920.

Quando Mário Reis, sujeito sofisticado e elegante, foi morar no Copacabana Palace no auge de seu sucesso, Zé Reis foi visitá-lo várias vezes. Lá, ficavam horas batendo papo sobre futebol à beira da badalada piscina do hotel. Mário Reis também era fanático e disputava com Zé Reis quem sabia mais escalações dos times cariocas de todos os tempos.

Tiro no peito

Lutei contra a espoliação do Brasil. Lutei contra a espoliação do povo. Tenho lutado de peito aberto. O ódio, as infâmias, as calúnias não abateram meu ânimo. Eu vos dei a minha vida. Agora vos ofereço a minha morte. Nada receio. Serenamente dou o primeiro passo no caminho da eternidade e saio da vida para entrar na história.
Da Carta Testamento de Getúlio Vargas

Era 1954. Que ano trágico! Getúlio suicidou-se com um tiro no lado esquerdo do peito.

Isolado politicamente, pressionado pela imprensa, ferozmente comandada por Lacerda, por generais e brigadeiros e por setores internacionais que não aceitavam a orientação nacionalista do seu governo, Getúlio transformou o suicídio em poderoso ato político, não dando o gostinho que a oposição desejava para deflagrar o golpe militar.

Aconteceu em 24 de agosto, mas desde o início do ano as pressões sobre Getúlio eram enormes, principalmente depois do assassinato do major Rubens Vaz, que acompanhava Carlos Lacerda, e teve como mandante Gregório Fortunato, o Anjo Negro, chefe da segurança pessoal de Getúlio.

O cortejo levando o corpo de Vargas até o aeroporto paralisou o país. Um milhão de pessoas emocionadas foram se despedir na porta do Palácio do Catete, antes de o corpo ser levado para o enterro em São Borja.

Zé Reis, como fazia ao receber notícias tristes, saiu pela estrada e não voltou naquela noite para casa. Foi a pé até Rio das Flores e lá ficou até de manhã chorando enquanto bebia cerveja numa mesa do bar do Sinval.

— Canalhas, canalhas, levaram Getúlio ao desespero! O Lacerda é um canalha — dizia aos berros.

Dia seguinte, Ferenc o levou de carro de volta para a Forquilha.

O Flamengo conquistou o bicampeonato antecipadamente, dirigido pelo paraguaio Fleitas Solich, o Feiticeiro. O craque era Evaristo, meia goleador comprado ao Madureira, e o artilheiro foi o paraibano Índio, convocado para a Copa na Suíça. Zé Reis gostava de exaltar a qualidade do meia paraguaio Benitez. Sempre falava dele, e o considerava o melhor jogador do time rubro-negro. Achavam estranho Zé Reis elogiar Benitez tanto assim, com o time rubro-negro recheado de craques.

A baiana de olhos verdes Marta Rocha, eterna Miss Brasil, perdeu o título de Miss Universo por duas polegadas a mais nos quadris, conforme chocha explicação dos jurados. Era disparadamente a mais linda de todas! A tv se expandia com a inauguração da tv Rio, canal 13, e da tv Record, canal 7, em São Paulo.

Vicente andava excitado com o lançamento de Plínio Salgado, retornado de Portugal, como candidato do prp a presidente nas eleições do ano seguinte. Assumiu com todas as forças o comando da campanha de seu líder à Presidência. Sua mansão na rua Souza Lima, em Copacabana, virou quartel-general dos integralistas. A família foi levada para Petrópolis e a casa fechada não provocava suspeitas da polícia.

Ele comprou a Rádio Fluminense, alguns caminhões, montou gráfica em Petrópolis para imprimir panfletos e cartazes, não economizou. E costurou apoio de fazendeiros do Vale do Paraíba e de algumas cidades mineiras para a candidatura integralista. Mas não descuidava da Forquilha. Sempre passava por lá, andava a cavalo, recolhia frutas e verduras que levava para a família, pegava no pé de Zé Reis, "preocupado demais com o Rio das Flor", e mandava rezar missa na capela de Nossa Senhora da Glória para colonos e fazendeiros vizinhos.

O Rio das Flor seguia nas ligas Fluminense e Valenciana. João Avelino, o 71, depois de dirigir o time por três anos, se mudou para o Rio de Janeiro e o técnico contratado foi Plácido Monsores, campeáo com o América como jogador em 1935.

Plácido jogou em seleções cariocas, pelas excelentes atuações no América e no Bangue, e entrou para a história do futebol carioca ao disputar o segundo tempo de América e Vasco, em 1939, com o braço esquerdo quebrado pendurado na tipoia.

Plácido, caladão, educado, não levantava a voz, era querido pelos jogadores que gostavam de ouvi--lo contar histórias do tempo em que ele e Carola formavam dupla infernal no ataque do América e na seleção carioca.

Amigo de Zezé Moreira, Plácido adotou no Rio das Flor a marcação por zona apreciada pelo técnico do Fluminense. Não quis usar a diagonal que Flávio Costa utilizava no Vasco. Gostava do 4-2-4 de Martim Francisco e por isso adaptou o esquema com a marcação por zona do Zezé.

Os mágicos magiares

*Uma coisa intrigava os catedráticos do futebol:
invariavelmente, a seleção húngara começava
qualquer jogo fazendo dois gols logo de cara...
a equipe entrava em campo em ponto de bala.*
Armando Nogueira

Aymoré Moreira foi demitido devido ao fiasco da
seleção no Sul-Americano e o irmão Zezé, técnico
campeão com o Fluminense em 1951 (que tinha
ataque maravilhoso com Telê, Didi, Carlyle, Orlando Pingo de Ouro e Joel), assumiu o cargo.

O chefe da delegação no Sul-Americano de
1953, em Lima, o escritor paraibano José Lins
do Rego, rubro-negro doente, autor de *Menino
de engenho* e *Fogo morto*, acusou Zizinho de in-
disciplina e de liderar um grupo de jogadores que
queria dinheiro extra para vencer os paraguaios
na final.

A CBD acreditou no relatório de Zé Lins e puniu Mestre Ziza, proibindo-o de jogar pela seleção por tempo indeterminado.

Zizinho desmentiu Zé Lins do Rego, e não se conformava com a punição. Havia jogado no sacrifício contra o Chile, quando fez um gol e deu passe para Baltazar marcar outro na vitória de 3 a 2. O médico Paes Barreto queria forçá-lo a tomar injeção para jogar. Zizinho não permitiu e atuou com atadura presa à coxa.

Veio a decisão contra o Paraguai, Zizinho relutou em jogar porque sentia fortes dores, mesmo assim entrou em campo e foi substituído por Ipojucan — não tinha mesmo condições. A seleção perdeu por 2 a 1, o que provocou partida extra contra o mesmo Paraguai. Zizinho não jogou, o Brasil foi derrotado por 3 a 2 e perdeu o título ao qual era favorito pela ausência da Argentina.

Zé Lins, Aymoré Moreira e Newton Paes Barreto encontraram um vilão: Zizinho.

No ano seguinte, em 1954, pela primeira vez o Brasil disputou eliminatórias para uma Copa do Mundo. O último jogo contra o Paraguai, vitória por 4 a 1, levou o maior público da história ao Maracanã: 195514 pagantes.

A não convocação de Zizinho para a Copa na Suíça criou enorme polêmica. Parte da imprensa chiou e muito. Zezé Moreira preferiu levar Didi e, na reserva, o meia Rubens, o dr. Rubis do Flamengo.

Zizinho não se aguentava de raiva.

Irritado, passou alguns dias na Forquilha para esfriar a cabeça. E, se não fosse Zé Reis acalmá-lo, teria voltado para o Rio e quebrado a cara de Zé Lins do Rego, dos irmãos Moreira e do médico Paes Barreto.

Plácido Monsores, que conhecia Zizinho por jogar muitas vezes contra ele, convidou-o para treinar no Rio das Flor, para relaxar e também para motivar os jogadores que se preparavam para disputar a Liga Fluminense.

Zizinho topou. Pegou chuteiras emprestadas e durante três dias seguidos treinou com o time. A notícia correu rapidamente pelas cidades próximas e o pequeno estádio encheu para vê-lo treinar. Zé Reis não se continha de tanta alegria.

— Sempre disse que o menino Thomaz iria longe!

Zé Reis e Ferenc combinaram ouvir juntos os jogos da Copa. Ferenc estava muito mais animado do que Zé Reis. A Hungria conquistara a medalha olímpica dois anos antes em Helsinque, Finlândia, dando show, marcando vinte gols e levando apenas dois.

Puskas, Czibor, Kocsis, Hidegkuti, Budai e cia. comandados pelo técnico Gusztáv Sebes, estrategista que fez o time jogar numa espécie de 4-2-4 (colocou um meia como falso centroavante e liberou os outros dois meias para atacar), encantavam o mundo.

As vitórias um ano antes da Copa por 6 a 3 sobre os ingleses, que jamais haviam sido derrotados em Wembley, e por 7 a 1, em Budapeste, colocaram o time húngaro, apelidado de máquina, invicto fazia 28 partidas (24 vitórias e quatro empates), como favorito à conquista da Taça Jules Rimet.

A seleção dirigida por Zezé Moreira pela primeira vez jogava de camisas amarelas e calções azuis, cores escolhidas em concurso realizado pelo jornal *Correio da Manhã*.

Julinho arrepiava na ponta-direita; Didi, o melhor jogador brasileiro, estava em uma forma impecável; Bauer, Baltazar, Ely, Nilton Santos e Castilho traziam experiência da última Copa. O time era bom. A imprensa internacional não dava bola para os brasileiros, só queria saber da Hungria.

Além de torcer para a seleção de seu país, Ferenc tinha outra motivação: o amigo Béla Guttmann, que comandou rapidamente o Rio das Flor, era assistente técnico de Sebes e Gyula Mándi, treinadores da equipe. Ferenc se vangloriava ao falar do extraordinário time húngaro e de Béla Guttmann.

Zé Reis e Ferenc ouviram as participações do Brasil e da Hungria na chácara. Depois das partidas, o húngaro e a mulher Bernarda preparavam saborosos acepipes para os convidados. O que recebia aplausos era o strudel. Preparado com receita da jovem Andrea, de Budapeste.

Strudel de pera e gengibre
6 porções

6 peras
50 g de passas brancas
50 g de passas pretas
30 g de gengibre
20 g de açúcar
10 g de canela
300 ml de mel
6 folhas de massa
Suco de 2 laranjas
Farinha de amêndoas e pão a gosto
5 pães torrados
5 amêndoas

Creme inglês
300 ml de creme de leite
6 gemas
2 colheres rasas (sopa) de açúcar
Essência de baunilha a gosto

1. Descasque a pera, retire o miolo e recheie com as passas.
2. Coloque em uma forma.
3. Despeje o mel e o suco de laranja e polvilhe açúcar, canela e gengibre em lascas; cubra com papel-alumínio e leve ao forno a 200ºC, por 30 a 40 minutos; retire do forno e espere esfriar.

4. Corte as folhas de massa em quatro tiras e sobreponha-as em forma de asterisco, pincelando com manteiga a cada pedaço de folha.

5. Coloque uma colher (sobremesa) de farinha de amêndoas e pão e uma pera.

6. Feche a massa formando um embrulho na pera, como se fosse um ovo de Páscoa; leve ao forno a 150ºC para aquecer.

7. Sirva com creme inglês.

Farinha de amêndoas e pão
Bata no liquidificador até que fique uma farinha fina e homogênea.

Creme inglês
1. Coloque as gemas, o creme de leite e o açúcar; cozinhe em banho-maria, mexendo sempre, por cerca de 20 a 25 minutos ou até abaixar a espuma.

2. Deixe esfriar e tempere com baunilha.

3. Guarde em recipiente vedado e etiquetado na geladeira por até uma semana.

Montagem
No prato duplo, decore o fundo de um dos lados com um fio da cobertura de chocolate, coloque a massa e, ao lado, em uma panelinha, uma colher (sopa) de creme inglês.

Zé Reis levava da fazenda peras, ovos, laranjas e o creme de leite batido, além de Jandira que, quituteira, dava força para Bernarda.

A seleção brasileira encaçapou o México na estreia, 5 a 0, com o vascaíno Pinga jogando muito e marcando dois gols. Em seguida empatou em 1 a 1 com a Iugoslávia. Os brasileiros se cansaram demais, correndo feito loucos atrás de vitória desnecessária, já que o empate os classificava. Didi esbanjou categoria e fez o gol brasileiro.

Ao passar para a fase seguinte pegou por sorteio a fabulosa Hungria, que era tudo o que Zé Reis e o país inteiro não queriam, os húngaros estavam infernais. Haviam goleado a Coreia do Sul, 9 a 0, e os reservas da Alemanha Ocidental, 8 a 3.

Rio das Flores estava em polvorosa com a Copa.

Zé Reis ouviu as partidas pelo rádio junto de Ferenc, Bernarda e do técnico do Rio das Flor, Plácido Monsores, conforme o combinado. Ao final da derrota da seleção brasileira por 4 a 2, Ferenc consolou o amigo, que já esperava desfecho ruim, os húngaros eram praticamente imbatíveis.

Fim do jogo, Zezé Moreira arremessou chuteira em Gustáv Sebes, que levou treze pontos no rosto, jogadores e dirigentes trocaram empurrões e tapas. As entradas para os dois vestiários ficavam uma do lado da outra. Os dois times estavam deixando o campo quando o Newton Paes Barreto, médico do Brasil, pegou uma garrafa de água e jogou no Puskas. Ele errou e acertou o zagueiro Pinheiro. Pegou na testa dele e, quando o Pinheiro se virou para ver quem havia arremessado, alguém gritou:

"Foi o Puskas!". Aí começou a confusão. A foto da chuteirada desferida por Zezé Moreira foi registrada com exclusividade pelo jornalista Armando Nogueira com uma Rolleiflex que acabara de comprar.

A Hungria foi melhor, mereceu a vitória e apenas Julinho não se vergou aos húngaros, jogou muito e fez o segundo gol do Brasil. Foi uma partida extremamente violenta, com três expulsões (Humberto e Nilton Santos pelo Brasil) e 42 faltas, algo incomum na época. A partida ficou conhecida como A batalha de Berna.

Com a eliminação do Brasil e a grande fase da Hungria, Ferenc encomendou bandeiras tricolores da Hungria com as cores vermelho, branco e verde e as espalhou entre amigos da cidade.

Depois de passar pelo campeão mundial Uruguai por 4 a 2, a Hungria foi para a final contra a Alemanha, a mesma que havia goleado por 8 a 3 na fase classificatória, quando os alemães não jogaram com a força máxima.

Ferenc, eufórico, organizou festa, com cerveja, palinka (cachaça húngara), burekas (pastéis de massa folhada) de queijo, batata, carne e frango, preparados por Bernarda e Jandira. E ele mesmo cozinhou um *pörkölt nokedlivel* (picadinho com nhoque e salada de pepinos).

Contratou até conjunto de música de Valença, que tinha entre os integrantes Rosinha, menina prodígio de treze anos, exímia violonista, que depois de adulta fez muito sucesso.

A derrota de 3 a 2 para os alemães, O milagre de Berna, causou enorme tristeza em Ferenc e na turma presente na festa na chácara, a dois quilômetros do centrinho de Rio das Flores.

Ferenc não se conformava de a Hungria fazer 2 a 0 com apenas oito minutos de jogo e levar virada aos 39 minutos do segundo tempo. Eram quatro anos sem perder, 31 jogos invictos. Uma máquina de jogar futebol.

É certo que o grande Puskas não estava recuperado da contusão no tornozelo e jogou meia bomba, apesar de fazer o primeiro gol da Hungria logo aos seis minutos. E que o cérebro da equipe, o centroavante Nandor Hidegkuti, recebeu marcação especial de Fritz Walter e Horst Eckel. Mas o time húngaro, "os mágicos magiares", não era só os dois, tinha o artilheiro Sándor Kocsis, o cerebral Zoltán Czibor e o grande goleiro Gyula Grosics.

Ferenc xingava em altos brados a anulação por impedimento de gol de Puskas aos 41 minutos do segundo tempo, que, confirmado, levaria a partida para a prorrogação.

O clima na chácara ficou como o do dia da derrota do Brasil para o Uruguai quatro anos antes.

Ferenc descontou a raiva na *palinka* e no *fröccs*, mistura de vinho com soda. Ficou amuado e de ressaca por vários dias.

Carmem Miranda e Gegê

*E disseram que voltei americanizada/ com
o burro do dinheiro/ que estou muito rica/
que não suporto mais o breque do pandeiro/
e fico arrepiada ouvindo uma cuíca.*
"Disseram que voltei americanizada",
samba de Luiz Peixoto e Vicente Paiva,
gravado em 1940 por Carmem Miranda

O suicídio de Getúlio evidentemente foi o assunto mais comentado do ano que se encerrava com os candidatos a presidente em campanha: o governador de Minas, Juscelino Kubitscheck, PSD/PTB; o general cearense Juarez Távora, UDN/PDC; o ex--governador paulista Adhemar de Barros, PSP; e o integralista paulista Plínio Salgado, PRP.

Vicente Meggiore comandava a todo vapor a campanha de Plínio e, irritado com o apoio do ex-integralista Belmiro Valverde a Juarez Távora, escreveu manifesto à nação:

Como simples integralista que sou desde os primeiros dias, venho aqui testemunhar aos brasileiros o quanto de vilania, de ódio e de calúnia vai a alma irresponsável de um ex-companheiro nosso, hoje cabo eleitoral do general Juarez Távora, no ataque à dignidade, à bravura e ao patriotismo do homem impoluto que é o nosso chefe PLÍNIO SALGADO.

Entrei para o integralismo desde os primeiros tempos; era tido, naquela época, como homem rico; na realidade, porém, tanto eu como tantos outros brasileiros de alguns bens materiais, não compreendíamos a vida que poderíamos levar, e conforto, de tripa-forra e de vaidade, quando víamos a nossa pátria afundando no mais desolador materialismo, ameaçada pelo comunismo, a miséria e a pobreza, olhando para nós como a pedir um pedaço de pão para o nosso abandonado povo; éramos ricos, sim, pobres ricos do Brasil, que não encontrávamos felicidade na miséria de nossos irmãos, criados como nós a imagem e semelhança de Deus.

Quando Belmiro se evadiu, recebi cartas anônimas de Vigilantes, ameaçando-me de morte, caso acontecesse algo a Getúlio. Minha firma comercial foi dissolvida e o seu distrato foi assinado por minha esposa, quando me encontrava na prisão, minha fazenda, no quilômetro 47 da estrada Rio-São Paulo, onde hoje se encontra a Escola Nacional de Agronomia, foi invadida, saqueada e expropriada, porque descobriram que ali Belmiro experimentava as suas armas. Fui novamente preso!

Por fim quero dirigir-me ao ilustre e bravo general Juarez Távora.

Senhor general!

Permiti que eu, simples fazendeiro lá do interior de Rio das Flores, venha denunciar a V. Exa. os graves erros, erros imperdoáveis para um homem de bem, que o seu Estado-Maior Eleitoral está cometendo nesta campanha!

Meses antes da eleição, outra notícia triste.

Quase um ano depois do suicídio de Getúlio, em 5 de agosto de 1955, Carmem Miranda, a Pequena Notável (tinha 1,52 m e usava sandálias plataformas de vinte centímetros) morreu, aos 46 anos, nos Estados Unidos, onde vivia havia décadas fazendo estrondoso sucesso, vítima de colapso cardíaco.

Zé Reis, que acompanhava os seus passos nas notícias de *O Cruzeiro*, *Manchete* e *A Cigarra*, além de possuir todos os seus discos, não aguentou de dor e se mandou para o Rio para acompanhar o velório na Câmara de Vereadores. Embalsamado, o corpo chegou três dias depois do falecimento. Ele acotovelou-se com milhares de pessoas que foram dar adeus à mais famosa cantora brasileira, que nasceu em Portugal e com apenas um ano mudou-se para o Brasil.

Carmem sofreu muitas críticas por se exibir nos States como uma brasileira estilizada, com abacaxi e frutas na cabeça, havendo rumores de que se apresentava assim a serviço de Getúlio na política de boa vizinhança estabelecida entre os governos brasileiro e norte-americano.

Ao receber a notícia, antes de seguir para a capital, Zé Reis se embrenhou pela estrada e caminhou por horas seguidas na escuridão. Quem cruzou com ele naquela noite conta que ele tinha andar arrastado, dizia palavras desconexas, enquanto os olhos faiscavam como se pegassem fogo.

JK E OS CAVALOS

Juscelino venceu a duríssima eleição com 36% dos votos contra 30% de Juarez, 26% de Adhemar e apenas 8% de Plínio.

Outra vez um candidato militar apoiado pela UDN se dava mal — desta feita com o slogan "Vote no general Juarez Távora, o tenente de cabelos brancos".

João Goulart, o Jango, jovem ministro do Trabalho de Getúlio, venceu a eleição para vice-presidente dando banho nos outros candidatos, recebendo inclusive mais votos do que Juscelino: 3 591 409 contra 3 077 411 eleitores.

Conspiradores civis liderados por Lacerda e a turma da UDN, a oficialidade ligada ao brigadeiro Eduardo Gomes e ao almirante Pena Boto criaram condições para desencadear um golpe militar e impedir a posse de Juscelino e Jango.

O trêmulo Café Filho simulou um ataque cardíaco e entregou o governo a Carlos Luz, lacerdista e presidente da Câmara de Deputados. O marechal Lott acabou com a farra golpista, pôs Carlos Luz para correr e assim Nereu Ramos, presidente do Senado, assumiu a presidência até a posse de Juscelino.

Zé Reis e Ferenc ficaram super contentes com o título do 4º Centenário conquistado pelo Corinthians em São Paulo. É que o vigoroso zagueiro Goiano, antes de se profissionalizar no Linense e seguir carreira no time do parque São Jorge, atuou em três partidas com a camisa vermelha e branca do Rio das Flor na Liga Valenciana, quando gozava de férias na casa de uma tia em Rio das Flores.

Zé Reis enviou telegrama de felicitações a Goiano. Ele era apaixonado pelo Corinthians e fã do irresistível ataque campeão: Cláudio, Luizinho, Baltazar, Rafael e Simão.

"Blue Gardênia", faixa do primeiro LP gravado pelo jovem Cauby Peixoto liderava as paradas. A mocinha Dolores Duran surpreendia com canções autorais de dor de cotovelo. Oscarito fazia o país rir à vontade com chanchadas da Atlântida e Nelson Pereira dos Santos, com *Rio, 40 graus*, e música de Zé Kéti, abria as portas para o Cinema Novo. "Eu sou o samba/ A voz do morro/ sou eu mesmo, sim senhor".

Um dos prazeres de Zé Reis era cuidar dos cavalos. Quem amansava os da Forquilha era o negro Otacílio, sempre gargalhando e abrindo largo sorriso que deixava à mostra os dentes de ouro. Ele foi capaz de domar o alazão Ciclone, filho do Pingo, manga-larga marchador preferido de Zé Reis, já cansado e quase sem serventia.

Otacílio lascava as rosetas na barriga de Ciclone, que esperneava, saltava, coiceava e saía em louca disparada entre as árvores. A coragem de Otacílio impressionava. Zé Reis o invejava e dizia:

— Se não fosse tão medroso, seria eu que amansaria nossos cavalos.

Otacílio dizia a Zé Reis que não bastava coragem, precisava saber conversar com o cavalo:

— A relação é na confiança, na paciência, na repetição. Vejo o que ele quer pelas orelhas: se estão pra frente, está curioso e alerta. Se estão para trás, está descontente ou agressivo. Ele é que me diz o que quer, não o contrário.

O cavalo mais afagado por Zé Reis era o imenso e robusto Crioulo, um legítimo Percheron, de raça francesa, que puxava charrete da fazenda. Dócil e vistoso, era adorado pelas crianças por onde passava. Quando Zé Reis chegava a rio das Flores de charrete, juntava gente para apreciar, fazer carinho e tirar fotos ao lado do Crioulo.

Meninos da rua Paulo

Ferenc quis desistir de comandar o Rio das Flor ao lado de Zé Reis. Andava impaciente, reclamava que o dinheiro dos fazendeiros diminuíra, que o programa de sócio-torcedor tinha muita inadimplência e que os bazares do padre não rendiam quase nada. E também que o time não engrenava na Liga Fluminense.

Zé Reis usou de extrema paciência, indo várias vezes visitá-lo na chácara, tomando cervejas em sua companhia no bar do Tatá, para convencê-lo a continuar.

O que abatia Ferenc era a melancolia. Nessas horas, entre goles e goles de *palinka*, colocava na vitrola discos de concertos de piano de Béla Bartók (o maior compositor clássico húngaro) e ficava incomunicável, lembrando-se da chegada ao Brasil a bordo do navio *Palma*, em companhia dos pais, velhinhos, trinta anos antes.

— Foram dias difíceis. Depois do fim da Primeira Guerra a Hungria, derrotada, foi repartida com o tratado de Trianon. Nós, da Transilvânia, fomos viver na Romênia. Viramos romenos, veja só! Entramos no Brasil com passaportes romenos. Era tudo confuso. Eu era menino e não entendia o que estava acontecendo.

"Fomos de início para São Paulo, onde meus pais logo morreram. Fui levado por uma tia para morar na Tijuca, no Rio. Lá, trabalhei na cozinha da confeitaria dela, a Gerbô, que fazia doces e salgadinhos extraordinários, com filas na porta todos os dias. Aos poucos, tia Eva foi me passando a gerência e acabei virando sócio."

— E como você veio parar em Rio das Flores, cidadezinha fincada no meio do nada?

— Um freguês da loja, o jovenzinho Edu Goldenberg, que ia comprar bombas de chocolate e palmiers de massa folhada, que eu mesmo fazia, e que ficava boquiaberto com as torres giratórias onde eram expostas as tortas, ficou meu amigo porque morávamos em prédios vizinhos na praça Afonso Pena. Ele dizia maravilhas da cidadezinha onde passava férias no interior do estado do Rio, divisa com Minas, onde os pais dele alugavam uma chácara.

Um dia me convidou para conhecer. Fiquei encantado com a tranquilidade, a paz, o cheiro das flores da pracinha principal, a gentileza das pessoas. Três meses depois, larguei tudo no Rio, virei sócio minoritário na Gerbô e vim viver em Rio das Flores. Foi a melhor coisa que fiz na vida!

— E nunca mais teve desejo de voltar a morar no Rio? Não é tranquilo demais aqui?

— Rio das Flores me acalma. Às vezes, quando lembro da infância na Hungria, choro. Não tenho Bíblia, não acredito em nada, não me prendo em crendices, sou ateu.

"Somos um povo que não tem saída para o mar, em compensação há o lago Balaton, um dos maiores do mundo, e os imensos rios Danúbio e Tisza. A Hungria é uma espécie de Minas Gerais da Europa.

"O meu livro de cabeceira, que me transporta para a Hungria da infância, é *Os meninos da rua Paulo*, do meu xará Ferenc Molnár. Se passa em Budapeste, no final do século passado. Não falo mais porque vou lhe emprestar o livro. Eu nunca disse isso antes, mas os dois pastores alemães da chácara têm o nome de Boka e Nemecsek, homenagem aos meninos do livro."

O Honved chegou

*Eu vou pra Maracangalha, eu vou/ eu vou de
uniforme branco, eu vou!/ eu vou de chapéu de
palha, eu vou/ eu vou convidar Anália, eu vou.*
"Maracangalha", Dorival Caymmi

Chega 1957. A belíssima Dóris Monteiro, voz
mansa do samba-canção, conquistava pela segunda vez consecutiva a coroa de Rainha do Rádio.
A amazonense Terezinha Morango dava ao país
outro vice-campeonato de Miss Universo. Dorival
Caymmi estourava com "Maracangalha" e o jovem
Cauby com "Conceição".

Guimarães Rosa surpreendia a intelectualida-
de ao lançar *Grande sertão: veredas*, e o mineiro
Fernando Sabino era a revelação com o romance
O encontro marcado. Zé Reis se deixou levar pela
leitura de *O encontro marcado*. Leu e releu algumas
vezes. E, para impressionar os colonos, dizia frases
do livro como se fossem suas. As que gostava de

repetir eram as do velho Germano, personagem que dava cores aos dias:

— Segunda-feira.

— De que cor?

— Segunda-feira? Acho que cinzenta…

— Isso mesmo! Às vezes é branca. E terça-feira?

— Verde?

— Não! Verde é quinta-feira. Terça-feira é amarela. Quarta-feira é marrom. E sexta-feira é engraçado: muita gente pensa que é alaranjada, e no entanto não é: é cor--de-rosa, você sabia?

— Cor-de-rosa não é domingo, não? — perguntou ela.

— Não, domingo é outra cor, vamos ver se você descobre.

— Vermelho — arriscou Eduardo.

— Cala a boca. Você não sabe nada. Vamos, menina!

— Dourado! — concluiu Antonieta.

— Isso! — E o velho se ergueu, beijou-a na face, contente como um professor. — E o sábado é azul. É o ouro sobre o azul.

Ele adaptava esse trecho e os colonos e as visitas adoravam. Zé Reis queria se passar pelo velho Germano, um sábio rabugento e amoroso.

Para orgulho e alegria de Ferenc, aquele foi um ano de festa para os húngaros no Brasil. Ele ficou completamente transtornado, e com razão.

Em janeiro desembarcou no Rio de Janeiro a delegação do Honved, o maior time da Hungria e base da seleção, com vários campeões olímpicos de 1952 e alguns vice-campeões da Copa de 1954: o genial Ferenc Puskas, o Major Galopante (tinha patente militar), o goleiro Groczis e os fantásticos atacantes Budai, Sándor Kocsis (artilheiro da Copa na Suíça) e Czibor. E os técnicos Janos Kálmar e Béla Guttmann.

O Honved se transformou em time itinerante em 1956 porque, depois de um jogo contra o Atletic, em Bilbao, pela Copa da Europa, os jogadores se negaram a regressar ao país, devido à violenta ocupação da União Soviética, em represália à revolta popular que desejava um governo contrário aos soviéticos.

O Kisper, onde se iniciou o menino Ferenc Puskas, se transformou no Honved, clube do Exército Vermelho. O uniforme rubro-negro foi substituído por camisa vermelha e calção branco. Em 1953, o baixinho Puskas, chamado de *Osci* — irmãozinho em húngaro —, foi considerado o melhor jogador do mundo.

A Federação húngara de futebol quis proibir a excursão que o "time maldito" realizava pelo mundo. Antes de vir para o Brasil, o Honved venceu Milan e Barcelona, empatou com um combinado de Atlético e Real Madrid em 5 a 5 e empatou também em 3 a 3 com o Athletic de Bilbao.

O time perambulou pelo mundo, sem autorização da Federação, que não queria nem mesmo que ele fosse chamado de Honved, e veio parar no Brasil.

Houve intensa negociação para a realização dos jogos que os húngaros disputaram no Rio e em São Paulo. Vistos especiais foram concedidos aos jogadores pela Embaixada brasileira em Milão e muitos clubes, principalmente os paulistas, temiam realizar os amistosos com medo de sofrer punição da Fifa e do CND.

Foram cinco partidas: derrota de 6 a 4 para o Flamengo, presença na tribuna de honra do presidente Juscelino Kubitschek; vitória por 4 a 2 sobre o Botafogo, ambas no Maracanã, com desfile da Mangueira antes da partida; revanche contra o Flamengo, vitória de 6 a 4 contra o rubro-negro, no Pacaembu, quatro gols de Puskas; vitória de 3 a 2 de novo contra o Flamengo, no Maracanã; e derrota de 6 a 2 para combinado Flamengo-Botafogo, com Garrincha, Didi, Evaristo e companhia estraçalhando.

A maratona seguida de jogos cansava demais os húngaros, que, na partida final contra o combinado, não se aguentavam em pé.

Ferenc e Zé Reis não perderam os jogos no Maracanã, que, a cada partida, recebia público superior a 100 mil torcedores.

Ferenc ajudou a delegação de todas as maneiras. Foi tradutor, fazia refeições com os jogadores no luxuoso hotel Glória e assistia, como convidado especial, aos treinos no campo do Flamengo, na Gávea. Quebrava todos os galhos. Levava jogadores para conhecer pontos turísticos da cidade e fazer compras. Tirou fotos e guardava com extremo carinho a que aparecia abraçado ao xará e ídolo gorducho Ferenc Puskas.

Mas a maior surpresa estava para acontecer!

No dia seguinte da derrota para o combinado Flamengo-Botafogo, os jogadores ganharam dias de folga antes de embarcar para Caracas. Eles e Béla Guttmann, em reconhecimento ao que Ferenc havia lhes proporcionado, enfrentaram uma viagem de quatro horas e meia para retribuir a gentileza e conhecer o "time húngaro" do interior do Brasil. Foram sem avisar. O ônibus que transportava a delegação do Honved parou na frente da chácara de Ferenc, o baixinho Puskas à frente.

Ferenc não acreditou. Diante dele, na pequena e distante Rio das Flores, estavam os maiores jogadores húngaros da história. Os ídolos, os vice-campeões do mundo e campeões olímpicos de futebol. E, principalmente, Ferenc Puskas, o maior de todos.

Ele rapidamente acionou o pessoal da Santo Inácio para preparar um banquete e, depois de mostrar o apiário, tirar fotos dos jogadores com a camisa do Rio das Flor, de apresentá-los às autoridades da cidade e a Zé Reis, levou a delegação para almoçar.

Os húngaros adoraram o almoço na Santo Inácio, acharam carne de panela parecida com *goulash*, repetiram várias vezes a canjiquinha e as compotas e mandaram ver na cachaça especial que Zé Reis trouxe do alambique da Werneck, fazenda vizinha.

Saíram de Rio das Flores aplaudidos pelos moradores, que soltavam rojões enquanto motoristas buzinavam sem parar. Para conseguir autógrafo do magistral Ferenc Puskas, formou-se imensa fila. Teve gente que veio às pressas de cidades próximas para ver os craques húngaros de perto.

Foi o dia mais emocionante da vida de Ferenc.

Béla Guttmann seguiu com a delegação até Caracas, onde o Honved realizou dois amistosos contra o Flamengo, vitória de 5 a 3 do rubro-negro, três gols de Evaristo, e empate por 1 a 1, e retornou imediatamente ao Brasil contratado pelo São Paulo, para substituir Vicente Feola, que virou coordenador do clube.

Dizia que os seus métodos de trabalho tinham grande inspirador: o também húngaro Márton Bukovi, considerado por muitos o verdadeiro inventor do 4-2-4, mítico técnico do MTK, um dos grandes times da Hungria nos anos 1940.

A primeira exigência de Béla Guttmann ao assinar contrato, conforme prometeu a Zé Reis, foi pedir a contratação de Zizinho, então com 35 anos, ainda jogando o fino pelo Bangu.

Resultado: São Paulo campeão paulista, Mestre Ziza aclamado pela torcida como maestro e cérebro de um time inesquecível: Poy, De Sordi e Mauro; Dino Sani, Vitor e Riberto; Maurinho, Amauri, Gino, Zizinho e Canhoteiro.

Ferenc acompanhou alguns jogos do São Paulo no Pacaembu, inclusive a final contra o Corinthians, com vitória por 3 a 1, que ficou conhecida como "A tarde das garrafadas", porque a torcida corintiana, revoltada com o terceiro gol são-paulino, marcado por Maurinho em impedimento, jogou garrafas no gramado.

Fim do campeonato paulista, Béla Guttmann, que não parava quieto, se transferiu para o Porto, em Portugal, onde também foi campeão. Antes de viajar, passou alguns dias na chácara de Ferenc e na Forquilha jogando cartas e dominó e se deliciando com o acordeão de Zé Reis entoando guarânias e canções românticas.

O Rio das Flor não era mais imbatível. O tranquilo Plácido Monsores deixou o clube contratado pelo Madureira. Quem assumiu foi Jorge Vieira, de apenas vinte anos, que começou no mesmo Madureira e fazia estágio no Vasco. Indicação de Zizinho.

Na Liga Valenciana, o Rio das Flor não tinha adversário, nem o forte Coroados. Na Liga Fluminense as coisas não andavam bem, o período foi de vitórias campistas, com o Goitacaz e o Americano se revezando nas conquistas.

Sputnik

Estávamos atingindo a casa dos 70 milhões de habitantes.

Zé Reis, abismado e confuso com o rumo dos últimos acontecimentos do mundo, na conversa com os colonos se queixava de que estava tudo de ponta-cabeça.

— Está bagunçado. A ciência é mistério! Quem diria que a Laika, cadelinha russa, foi no espaço a bordo do *Sputnik 2*, um mês depois do lançamento do *Sputnik 1*, o que falei outro dia e que foi o primeiro objeto a entrar em órbita. Não entendo mais nada! Daqui a pouco irá um homem, já avisaram. Os americanos devem estar tiriricas com o avanço dos russos.

A televisão engatinhava e as rádios continuavam dando as cartas. A Mayrink Veiga, a Tupi e principalmente a Nacional, pre-8, com elenco recheado de estrelas: Emilinha, Marlene, Cauby, as irmãs Batista, Ângela Maria, Sílvio Caldas, Nora Ney, Dalva de Oliveira.

Na Nacional conquistavam enorme audiência as radionovelas, os humorísticos (*Balança mas não cai, PRK-30, Piadas do Manduca, Tancredo e Trancado*), os programas de variedades (*Nada além de dois minutos, Gente que brilha, A felicidade bate à sua porta*), os jornalísticos como o *Repórter Esso*, os seriados *Anjo, Sombra e Jerônimo, herói do sertão* e as transmissões esportivas.

O Botafogo ganhou o primeiro título no Maracanã ao lascar goleada de 6 a 2 no Fluminense, cinco gols de Paulinho Valentim. João Saldanha, o técnico, trabalhava também no cartório do pai e fazia bico como jornalista. Por ser botafoguense doente não aceitava receber salário. O artilheiro do campeonato foi Paulinho Valentim, que depois foi jogar no Boca Juniors. Os craques do título foram Mané Garrincha, Nilton Santos e Didi. Todos botafoguenses.

O técnico mais badalado ainda era Martim Francisco, inventor do 4-2-4, que andou por Rio das Flores no início dos anos 1950. Foi campeão carioca com o Vasco em 1956, depois de largar o América dias antes da final da melhor de três com o Flamengo, partidas assistidas por Zé Reis no Maracanã (Fla 1 a 0, América 5 a 1 e Fla 4 a 1, quatro gols do jovem Dida).

O jogo decisivo — goleada do Flamengo em 4 de abril de 1956 —, correspondente ao campeonato de 1955, com presença no Maracanã do recém-eleito Juscelino Kubitschek, marcou Zé Reis para sempre. Ele jamais perdoou o árbitro Mário Vianna por não expulsar o zagueiro Tomires, o Cangaceiro, que quebrou a perna direita do craque argentino Alarcon aos vinte minutos de jogo, deixando o América com dez jogadores, pois não era permitida substituição.

— O maior roubo da história do futebol em todos os tempos — dizia Zé Reis, quando se metia a discutir futebol.

Sabichão bossa-nova

*Vai minha tristeza e diz a ela que sem ela
não pode ser/ diz-lhe numa prece que ela
regresse porque eu não posso mais sofrer/
chega de saudade a realidade é que sem ela
não há paz não há beleza/ é só tristeza e a
melancolia que não sai de mim, não sai.*
"Chega de saudade", Tom Jobim
e Vinicius de Moraes

1958, ano de Copa do Mundo! E que Copa!

Elizeth Cardoso gravou o LP "Canção do amor demais", com músicas de Tom Jobim e Vinicius de Moraes, acompanhada em duas faixas pelo baiano João Gilberto levando batida diferente ao violão. Foi o pontapé inicial da bossa nova, que entraria em campo para valer meses depois, onze dias antes de o Brasil ser campeão mundial, com a gravação do compacto 78 simples do João Gilberto, ex-integrante do conjunto Garotos da Lua, cantando e tocando "Chega de saudade" de um lado e "Bim bom" do outro.

Um ilustre desconhecido, João Gilberto, 27 anos, era torcedor do Vasco e louco por futebol. Antes do fim do ano gravou outro compacto 78, "Desafinado". E aí não teve jeito, quebrou a banca e conquistou o coração dos jovens músicos cariocas, se transformando no pai da bossa nova.

Lá de fora chegava o estrondoso sucesso do rock, com Elvis Presley, Bill Haley e seus cometas e Little Richard liderando as paradas de sucesso. Zé Reis achava um horror, principalmente o jeito como as pessoas dançavam o novo ritmo.

— Dançar tem que ser agarradinho. Esse negócio de piruetas é para o circo. E o som é muito estridente. Não suporto guitarra elétrica.

Cauby, Marlene, Emilinha, Agostinho dos Santos, Tito Madi, Dolores Duran, Nora Ney, Elizeth, os Cariocas, Lúcio Alves e Dick Farney estavam no auge. Surgia Ângela Maria, a Sapoti, cantora mignon. Maysa, socialite casada com milionário da família Matarazzo, despontava como cantora e compositora. Com a esbelta carioca Adalgiza Colombo, Miss Botafogo, o Brasil ficava outra vez com o vice--campeonato na eleição de Miss Universo.

Jorge Amado, consagrado pela crítica, era o autor mais vendido com *Gabriela, cravo e canela; Orfeu negro,* do francês Marcel Camus, com roteiro de Vinicius de Moraes e inteiramente filmado no Rio, conquistava a Palma de Ouro em Cannes.

Juscelino enfrentava oposição feroz da UDN, comandada pelo deputado Carlos Lacerda, enquanto organizava os últimos detalhes para a inauguração da nova capital, Brasília. Luiz Carlos Prestes teve prisão revogada e voltou à legalidade enquanto o rinoceronte Cacareco foi "eleito" vereador em São Paulo com mais de 100 mil votos.

Pelas ruas das cidades desfilavam os primeiros carros da indústria nacional incrementada por Juscelino: Volks, Vemags, Willys, Simca e FNM tomavam lugar dos imensos carros estrangeiros, as famosas banheiras. Segundo dados do governo JK, o Brasil produziria até o final do ano 3800 carros de passeio, 9600 camionetes e 21 880 jipes.

A vida na Forquilha seguia sossegada. Os filhos de Zé Reis foram morar e estudar no Rio de Janeiro. Nilza cursava letras, Helena, medicina, e Vicentinho abandonou a faculdade de direito e virou motorista de caminhão, para desgosto de Jandira. Vicentinho seguia os passos de Zé Reis, que também largara os estudos para ser motorista de caminhão antes de virar caseiro da fazenda da Patioba.

Zé Reis continuava, conforme prometeu, palhaço na Folia do Tachico, que substituiu seu Lelêco, morto fazia pouco tempo. Jandira alfabetizava crianças na escolinha municipal Orlando Carneiro, na entrada da fazenda, dava aulas de costura e bordado para mulheres de colonos e fazia parte do coral da igreja de Santa Teresa d'Ávila. Além de confeccionar bolos e doces para festas de casamento e batizado.

A novidade foi Zé Reis virar juiz de paz, nomeado pelo prefeito José Farid, irmão do antigo prefeito João. Era um título pomposo, mas sem vencimentos. Zé Reis fazia casamentos, ia à casa dos noivos para que assinassem o livro de registro da união civil, e se tornou figura importante dos casórios pelos lados da Forquilha e fazendas vizinhas.

A presença dele era aguardada com ansiedade. Vestia invariavelmente terno de linho branco, camisa branca sem gravata, botinas engraxadas, chapéu panamá e carregava lindo relógio na algibeira, que consultava a toda hora apenas para exibi-lo, porque custava caro. Ganhou o Patek Philippe de presente do irmão, que viajou à Suíça de férias. Perto do local da festa costumava tocar a estridente buzina do velho jipe Land Rover anunciando com estardalhaço a sua chegada.

Com a ajuda dos calabreses contratados para cuidar do pomar, Zé Reis virou sabichão dos bons, aprendendo a hora certa de colher e comer cada uma das frutas. Agricultores vizinhos iam à Forquilha para se aconselhar. Uma vez por mês, no estádio Prefeito Antônio Farid, Zé Reis reunia gente para ouvi-lo:

— O melhor abacate é o mais pesado, firme e de polpa macia. Se a casca estiver áspera, ou com partes moles, pode ser que esteja passado. Nas bananas, preste atenção no talo. Se estiver muito rígido e verde, a fruta não está madura. A laranja, se estiver muito alaranjada, pode ser que esteja velha. As maçãs mais arredondadas tendem a ser mais doces do que variedades que são mais finas. Se não for possível sentir o aroma adocicado do melão, é porque foi colhido antes da hora. Limão de casca lisa e brilhante tem mais suco. Evite comprar mamão se estiver com manchas escuras. Mangas mais cheias e roliças são as melhores, é normal manga madura ter pontos escuros.

Pelé e Mané

O rechonchudo Vicente Feola, que andava com dificuldade por pesar cento e tantos quilos, trabalhava no São Paulo quando foi escolhido por Paulo Machado de Carvalho para comandar o time brasileiro na Suécia. Conviver com Béla Guttmann durante o título são-paulino no ano anterior credenciava Feola a ocupar o cargo. Fora também assistente de Flávio Costa na Copa de 1950.

Paulo Machado de Carvalho tinha a faca e o queijo na mão para fazer o que bem entendesse. Rico, torcedor são-paulino e dono da TV Record, tinha carta branca dos cartolas da CBD. Preparou um plano de trabalho, junto com jornalistas da imprensa paulista, que incluía um psicólogo, João Carvalhais; um dentista, Mário Trigo; e um preparador físico, Paulo Amaral.

De início, Zé Reis e Ferenc gostaram do fato de Feola aproveitar o pessoal do Flamengo, time do coração do húngaro. Desconfiavam de que não agiria assim por ser paulista. O ataque Joel, Didi,

Mazzola, Dida e Zagalo era quase carioca (exceção do palmeirense Mazzola) e rubro-negro (exceção do botafoguense Didi). Eles não conheciam muita coisa sobre Pelé, reserva do alagoano Dida, fantástico artilheiro do Flamengo.

Sabiam que o menino Pelé ia bem no Santos e estreara meses antes na seleção fazendo o único gol brasileiro na derrota por 2 a 1 para a Argentina pela Copa Roca, no Maracanã.

Achavam Pelé jovem demais para disputar a Copa do Mundo, ainda mais na Europa. Preferiam Del Vecchio, também atacante do Santos, e lamentavam que Evaristo, no Barcelona, e Julinho, na Fiorentina, estivessem no exterior. Na opinião de Zé Reis e Ferenc na certa seriam titulares.

Para eles Garrincha era doidinho, ciscador, meio fora de órbita. Não confiavam no ponta-direita botafoguense.

Ferenc não estava animado com a seleção húngara. Os craques haviam abandonado o país e nem foram chamados. A geração que encantou o mundo anos antes já não vestia a camisa magiar.

A Hungria levou uma seleção muito fraca e terminou empatada com o País de Gales na fase eliminatória. Foi eliminada e o País de Gales seguiu adiante, enfrentando o Brasil logo depois. Ferenc nem ligou, porque sabia da fragilidade dos compatriotas. Sem Puskas, Kocsis, Czibor e companhia seria impossível fazer bonito na Suécia.

Quando Feola mudou a escalação no terceiro jogo da Copa — o Brasil venceu a Áustria por 3 a 0 e empatou com a Inglaterra com um 0 a 0 — contra os soviéticos, com entrada de Pelé e Garrincha nos lugares de Mazzola e Joel, Zé Reis e Ferenc ficaram desconfiados. Mas acabaram extasiados, festejando a exibição extraordinária dos dois craques na vitória de 2 a 0, gols de Vavá. O início da partida, os primeiros 180 segundos, é considerado o mais incrível e espetacular de todas as Copas do Mundo. Em três minutos o Brasil colocou duas bolas na trave e Vavá fez um gol.

No jogo seguinte, duríssimo, pelas quartas de final contra o País de Gales, que foi 1 a 0, saiu o primeiro gol de Pelé em Copas, ao aplicar chapéu histórico no zagueiro galês, Melvin Charles, depois de passe de cabeça de Didi. O time brasileiro mostrava definitivamente que, com Pelé e Garrincha titulares, não estava para brincadeira.

Zé Reis ouvia as partidas na vendinha do Orestes, junto aos colonos, em vez de seguir para Rio das Flores ao lado de Ferenc. A cada gol, festejavam com goles de cachaça e cerveja morna, a geladeira a querosene não dava conta. Zé Reis prometeu que, se a seleção conquistasse a Copa, organizaria um baita churrasco na Forquilha.

Depois da goleada de 5 a 2 na semifinal contra a França, três gols do moleque Pelé, de apenas dezessete anos, ninguém tinha mais dúvidas de que o churrasco pelo título iria acontecer. Nessa partida a seleção esteve impecável, com um minuto já ganhava de 1 a 0, gol de Vavá. A final contra os suecos, donos da casa, estava marcada. Eles não tomaram conhecimento da Alemanha, campeã do mundo, enfiando 3 a 1.

Como não levou segundo uniforme e os suecos também usavam camisa amarela, houve sorteio e o Brasil perdeu. Paulo Machado de Carvalho comprou camisas azuis na cidade de Boras, perto do local da concentração, e às pressas escudos e números foram costurados à mão. O chefe da delegação motivou os jogadores, dizendo que azul era a cor do manto de Nossa Senhora Aparecida, padroeira do Brasil.

Na semana seguinte, a sapecada de 5 a 2 sobre a Suécia deu o título à seleção brasileira, com gols de Pelé (2), Vavá (2) e Zagalo (1) diante de 42 mil torcedores no estádio de Rasunda, em Estocolmo. Zé Reis convocou dois churrasqueiros, mandou abater duas novilhas, uma leitoa e seis frangos. Preparou um churrasco daqueles!

A partida final marcou recordes: o mais jovem jogador a disputar uma final de Copa, Pelé, aos dezessete anos e 249 dias; e o mais velho a marcar um gol, o ponta-esquerda Liedholm, 35 anos e 263 dias.

A Copa de 1958 na Suécia é inesquecível porque foi a primeira conquista brasileira, a primeira vez que um país sul-americano jogava a final contra uma equipe europeia e a estreia dos gênios Garrincha e Pelé jogando juntos.

Com a ajuda de Bernarda e de mulheres de colonos, Jandira comandou a infra, preparando saladas, farofa, aipim frito, arroz carreteiro, molho vinagrete e pães quentinhos, servidos com linguiça e molho chimichurri de receita de Paola, jovem chef de cozinha argentina que conheceu em Valença:

Ingredientes
1 colher (chá) de sal grosso
1 xícara de água
2 colheres (sopa) de alho picado
1 colher (chá) de pimenta calabresa
1 colher (chá) de orégano seco
2 folhas de louro
½ xícara de salsinha picada
1 colher (sopa) de vinagre de vinho branco
2 colheres (sopa) azeite

Preparo
Ferva a água e dissolva o sal. Espere amornar e adicione o alho picado, a pimenta e as ervas secas. Quando estiver frio, junte a salsinha, o vinagre e o azeite. Misture e sirva.

Ferenc, o prefeito Farid, o vigário dom Martinho, Arides e o comerciante Bezerra foram ao churrasco. Os jogadores e a comissão técnica do Rio das Flor também. A música ficou a cargo de Jorge e sua sanfona, acompanhado de caixa, pandeiro, chocalho e do violão do Ozires, a mesma turma da Folia de Reis. O calango comeu solto.

Pelé virou ídolo, Mané Garrincha, o mais querido. Zé Reis havia encomendado dois touros Gir para reprodução e, antes de chegarem à Forquilha, os batizou de Pelé e Mané. Se tivesse outro se chamaria Didi, de quem Zé Reis era fã. Didi foi escolhido o melhor jogador da Copa.

Zé Reis, fã incondicional do extraordinário meia botafoguense, ex-Fluminense, proclamava:

— Depois de Zizinho e Jair, Didi é o maior de todos! E mais: foi ele que começou tudo, cobrando falta, a famosa folha seca contra o Peru, no Maracanã, que nos classificou para a Copa. Que elegância!

A festança na fazenda foi até o sol raiar. Fazia tempo que Zé Reis e o povo da Forquilha não eram tão felizes.

O campeonato carioca de 1958 é o mais emocionante da história do Maracanã. O Vasco teve que superar, além de dois turnos previstos, dois triangulares contra Flamengo e Botafogo para ser supercampeão. O técnico era Gradim.

Zé Reis assistiu à final em companhia de Jair Rosa Pinto em janeiro de 1959, porque o craque acompanhava os passos do sobrinho, Roberto Pinto, magricela baixinho meia-armador do Vasco.

Os dois saíram do Maracanã para lá de satisfeitos: o Vasco conquistou o título com o empate de 1 a 1 e o gol vascaíno foi de Roberto Pinto, que não era de fazer gols.

Nos vestiários, Jair conseguiu para o amigo camisas de Roberto Pinto, de Almir, endiabrado atacante pernambuquinho, e do meia-esquerda Pinga, de quem Zé Reis era fã, de tal modo que o tinha como craque do seu time de botões, guardado com carinho no cofre do escritório da fazenda.

Gradim festejou rever Zé Reis, eles não se encontravam desde que jogou um amistoso com a camisa do Rio das Flor contra a seleção de Paraíba do Sul.

Futebol de botão era uma das paixões de Zé Reis. Desde menino colecionava times, que ele mesmo fazia. Conheceu Geraldo Decourt, inventor do jogo, numa excursão de sua escola a Campinas. Geraldo, que arrancava botões de casacos, uniformes escolares e ceroulas para fazer os times, chamava o futebol de botão de Celotex, material usado para fazer as primeiras mesas.

Na fazenda Zé Reis consumia horas confeccionando botões de coco, tampa de relógio, galalite ou ficha de plástico. Dava-lhes nomes de jogadores de verdade. O goleiro de caixa de fósforo, recheado de pedaços de chumbo, era revestido com fita durex.

A escalação do time titular de botões de Zé Reis: Planika, goleiro sensacional da Tchecoslováquia nas Copas de 1934 e 1938; Domingos da Guia, Obdúlio Varela e Nilton Santos; Danilo Alvim, Zizinho, Jair Rosa Pinto e Schiaffino; Puskas, Di Stéfano e Pinga. A bola, também feita por ele, era de papel laminado de cigarro, miolo de pão ou cortiça. Nunca de dadinho, como alguns preferiram.

— Bola tem que ser redonda, quadrada só em Portugal — ironizava Zé Reis.

A competição carioca começou catorze dias depois da conquista do título mundial. E dos 22 campeões, doze disputaram o campeonato: Castilho (Fluminense), Zózimo (Bangu), Belini, Orlando e Vavá (Vasco), Nilton Santos, Mané Garrincha, Didi e Zagallo (Botafogo), Joel, Moacir e Dida (Flamengo). Vavá, o "peito de aço", vendido no início do campeonato para o Atlético de Madrid, disputou poucas partidas pelo time campeão.

O Santos estraçalhava em São Paulo, ganhando o título com o menino Pelé como um artilheiro fora do comum marcando 58 gols. O ataque Dorval, Mengálvio, Coutinho, Pelé e Pepe era arrasador. Jair Rosa Pinto, quase quarentão, jogou algumas partidas pelo Peixe antes de se transferir para o São Paulo.

Excursão maluca

Ninguém sabe ao certo como o empresário chegou a Rio das Flores. Talvez pela notícia de que muitos craques foram revelados ali ou pelo número de técnicos vitoriosos que passaram por lá. A verdade é que o pequenino Rio das Flor foi convidado a excursionar pela Europa, enfrentando alguns dos maiores esquadrões do mundo.

Havia antecedente de triste memória — a excursão com o Santa Cruz —, mas agora iriam para o Velho Mundo e com pagamento em dólares. Zé Reis e Ferenc se deixaram imediatamente seduzir. E lá foi o Rio das Flor mundão afora.

Jorge Vieira se transferiu para o Madureira e Zé Nelson e Zé Nelsinho assumiram o comando. Quem viajou foi Zé Nelsinho, porque Zé Nelson tinha medo de avião mesmo sem nunca ter viajado em um.

Zé Reis ficou aborrecido quando leu no *Jornal dos Sports* reportagem ironizando a excursão do Rio das Flor:

O país ainda vive a euforia da conquista da Copa do Mundo de 58, na Suécia, quando correu a notícia de que o Rio das Flor, time da cidadezinha de Rio da Flores, sul fluminense, fará uma excursão à Europa. As reações variaram da surpresa à perplexidade. Nem tanto por ser uma excursão internacional, tão comuns, mas, sobretudo, pelo fato do Rio das Flor ser apenas um time modesto de pequena cidade do interior. E que não tem maiores qualificações técnicas, ainda que faça boas campanhas na Liga Fluminense.

Não foi possível apurar como o empresário Roberto Fauszlinger chegou até o Rio das Flor. O fato é que contratou o time para uma excursão de trinta jogos por vários países europeus. Aparentemente, um clube pequeno servirá como uma luva aos propósitos do empresário.

Aproveitando o auge do prestígio do futebol brasileiro, no calor da conquista da Copa ele vendeu os jogos de um time pretensamente "campeão brasileiro", amealhando ótimas cotas de pagamento. E certamente irá embolsar o grosso do dinheiro, repassando ao clube menos de 10% dos lucros. Para um clube modesto do interior, a porcentagem, mesmo que ínfima, representará um bom ganho.

— São uns invejosos — dizia Zé Reis. — Só porque é um time pequeno do interior. Se fosse um grandão, tipo Flamengo ou Vasco, achariam o máximo.

A delegação embarcou no Rio no início de setembro de 1958 com direito a cobertura da imprensa, fotos e reportagens em todos os jornais e revistas. Seguiram dezesseis jogadores, o técnico Zé Nelsinho, filho do Zé Nelson, os jornalistas Eduardo Monsanto e José Malia, o também jornalista e humorista Don Rossé Cavaca como diretor (era dono de uma casa de campo na cidade), o médico Xico Patti e Arides, escrivão da prefeitura, como chefe da delegação. Nelinho, filho do Sinval, dono do mais frequentado bar da cidade, foi de última hora como assistente de Arides.

Zé Reis combinou com Don Rossé Cavaca que enviasse notícias por meio de telegramas ou cartas. Pelo menos no início, Cavaca cumpriu o prometido. O primeiro relato foi tranquilo: "A excursão começou bem. Afinal, o time enfrentou de cara no Santiago Bernabeu o poderoso Real Madrid e perdeu apenas por 2 a 1, placar apertado decidido só no final da partida com um gol de pênalti. Está certo que o time deles era reserva do reserva, mas não fizemos feio".

Depois Cavaca ficou em silêncio por um bom tempo. Então Zé Reis catava nos jornais uma notícia aqui, outra ali, e só lia coisa ruim. Eram derrotas e mais derrotas. As coisas pareciam ter degringolado. A delegação ziguezagueava entre França, Alemanha, Itália, Dinamarca, Holanda e Inglaterra, as derrotas se acumulavam, com direito a goleadas fragorosas.

Cavaca deu sinal de vida dias depois e contou detalhes das confusões:

Zé Nelsinho brigou com Arides quando estávamos na Holanda e simplesmente abandonou o time. Era muito cobrado pelo chefe e não aguentou. Mandou tudo à merda e nunca mais deu notícias. Estamos preocupados porque ele levou pouco dinheiro e não sabe uma palavra de inglês. Gaia, nosso grande zagueiro, acumulou a função, junto com o jornalista Eduardo Monsanto, metido a dar instruções durante as partidas. Fizemos até agora 22 jogos, vencemos apenas dois, empatamos outros dois e perdemos dezoito! Marcamos vinte gols e sofremos 76! Uma vergonha, seu Zé! A atuação do Rio das Flor contra o fatídico Newcastle foi tão ridícula que até eu, magricela, que jamais chutei uma bola, entrei na ponta-esquerda no lugar de Tiburcinho, contundido, por falta de jogador para completar o time.

As notícias dos maus resultados começaram a chegar ao Brasil, e a surpresa inicial deu lugar à indignação. Protestos se fizeram ouvir na imprensa e entre os dirigentes, que temiam a repercussão negativa e os consequentes danos à imagem vitoriosa do futebol brasileiro, pouco mais de três meses após a vitória na Copa. A gota d'água foi a goleada de 12 a 1 sofrida para o Newcastle, no dia 1º de outubro.

O CND ordenou a volta imediata da equipe, sob pena de suspendê-los das competições oficiais. Arides tentou argumentar, mencionando os contratos já assinados e que teriam de ser cumpridos. Sob pressão, que envolveu até os canais diplomáticos do país, a equipe acabou retornando duas semanas depois.

Reportagem do *Estado de Minas* resumiu a excursão: "Fê-lo [o retorno], aliás, melancolicamente, consequência dos fragorosos e sucessivos insucessos que conheceu nessa inglória jornada, considerada a mais vexatória que, em todos os tempos, um clube brasileiro levou a efeito no exterior".

Apesar da má campanha e da volta forçada, os jogadores foram recebidos como heróis em Rio das Flores. Uma multidão ovacionou o time, que desfilou pelas ruas em um caminhão, com direito a foguetório e uma faixa que resumia o sentimento popular: "Falem mal, mas falem do Rio das Flor".

Na volta ao Brasil, Zé Reis soube que o atacante Zé Augusto, o Conde, craque de futebol de praia, incorporado ao time por sugestão do olheiro e escritor Sérgio Sant'Anna, abandonou a delegação depois da goleada de 12 a 1. Filho de gente graúda de São Paulo, Conde pegou a bagagem e se mandou aos gritos pelas ruas de Newcastle:

— Vou para Londres encher a cara, ouvir música, nunca passei vexame tão grande.

De volta a Rio das Flores, o veterano Tiburcinho, 37 anos, participante da excursão com o Santa Cruz na década anterior, decidiu pendurar as chuteiras. Gaia, Pedro Chaim, Iamin, Augusto Juiz de Fora, Paulo Junior, Matias Pinto, Rui Japa, Felipinho Cereal, Simas e PH fizeram o mesmo. Naka, Luiggi e Chico Siqueira, mais jovens e que, apesar de tudo, se destacaram, permaneceram na Inglaterra para tentar uma vaga em um time da quarta divisão. Houve festa de despedida. Zé Reis presentou a cada um dos sete com uma leitoazinha da Forquilha.

Goleiro voador

Desgraçado é o goleiro, até onde
ele pisa não nasce grama.
Don Rossé Cavaca

Zé Nelson, eterno assistente técnico, e o filho Zé Nelsinho, que reapareceu sem explicar como se virou para voltar ao país, foram rebaixados e passaram a cuidar das divisões de base. Ferenc chamou então Gyula Mándi, um dos técnicos da seleção húngara de 1954, que acabara de levar um pontapé da direção do América, onde ficou três meses sem sucesso.

Mándi, alquebrado e adoentado, ficou pouco tempo em Rio das Flores, mas o suficiente para brigar com Rapopop, intérprete contratado por Ferenc. Ele dizia uma coisa, o homem traduzia outra, descoberta feita depois de um tempo por Ferenc.

Mándi nem de longe lembrava ter participado da comissão técnica que revolucionou o mundo do futebol entre 1952 e 1956. Assinava a súmula como técnico da seleção húngara na Copa do Mundo, mas quem mandava era Gustáv Sebes, o que levou a chuteirada de Zezé Moreira. Mándi foi embora sem deixar saudades.

Para seu lugar, Zé Reis levou Osni, do Amparo, que encerrara a carreira como goleiro do América. Osni, que disputou amistoso nos primórdios do Rio das Flor ao lado do irmão Ely, era tranquilo, apesar de homenzarrão de quase dois metros de altura. Formou escola de goleiros na cidade, mas não possuía espírito de líder.

Osni levou para dar aulas aos goleiros o jovem Pompeia, ídolo revelação do América apelidado de *Constellation* (avião da ponte aérea Rio-São Paulo) e que chamava a atenção pelos saltos acrobáticos nas defesas. A torcida delirava quando fazia pontes para agarrar chutes dos adversários. Na cobrança dos escanteios, saia do gol voando por cima da cabeça de quem estivesse na área pequena. Pompeia fora trapezista de circo quando jovem no interior de Minas, daí a coragem para saltos e voos espetaculares.

Na ânsia de imitar o goleiro, os goleiros rio-florenses davam saltos sem técnica alguma, esborrachando-se no chão, ralando-se, machucando-se. Um desastre.

Osni era bonachão demais para comandar um time de futebol. Mesmo assim ficou um ano à frente do Rio das Flor, que já não figurava entre os primeiros colocados da Liga Fluminense e não vencia o Coroados com facilidade na Liga Valenciana.

A cidade de Rio das Flores entrou em decadência. O fim do ciclo do café e sua substituição pela produção de leite trouxeram desemprego. As fazendas demitiam gente e muitos colonos foram viver em Valença, Barra do Piraí ou Juiz de Fora, cidades próximas, trocando o trabalho no campo pela indústria ou comércio.

A Forquilha ia perdendo a pujança. As mulheres e as crianças levavam almoço para os roçadores de pastos subindo e descendo morros junto com os poucos colonos que cuidavam das plantações, cada vez mais raras. Levavam a garrafa de café e, na marmita, angu frio, feijão, arroz e um pedaço de frango.

Famílias se separavam. Os mais velhos permaneciam na fazenda, os jovens procuravam qualquer trabalho fora dali. A maioria não conseguia e retornava desanimada. As moças viravam empregadas em casas de parentes e conhecidos de Vicente e Zé Reis no Rio de Janeiro. A fazenda virou balcão de emprego de empregadas domésticas.

Zé Reis andava deprimido com a situação da Forquilha. O clima festivo de algum tempo antes deu lugar a um enorme baixo-astral, e sua saúde também não andava bem. Passou a ter problemas respiratórios e qualquer caminhada o deixava ofegante.

Kubala, Evaristo e Heleno de Freitas

Nem tudo foi ruim para o Rio das Flor. No finzinho de 1958 as atenções se voltaram para o pequeno esquadrão vermelho e branco. É que Evaristo de Macedo, ex-craque do Flamengo que jogava no Barcelona, trouxe de férias o genial László Kubala, companheiro no clube catalão. Sabedor de que havia no interior do Rio de Janeiro um time de futebol fundado por um húngaro, Evaristo levou Kubala para conhecê-lo em Rio das Flores.

Kubala foi líder do time húngaro que entrou para a história no final dos anos 1940, o Hungaria FC, a ORI (Organização de Refugiados Internacionais), conhecidos como os Globetrotters húngaros.

Fugidos da ocupação soviética, os jogadores foram para a Itália e se exibiram em pequenos jogos nos campos do Cinecittá, um complexo de estúdios de cinema da capital italiana. Ganharam destaque e saíram se exibindo pela Europa, e Kubala era a estrela máxima.

O Hungaria FC enfrentou e ganhou da seleção da Espanha e de times de primeira grandeza, como o Real Madrid. A delegação veio parar na Colômbia, na época do El Dorado colombiano, que contratara a peso de ouro Di Stéfano, Heleno de Freitas e Tim, este já em final de carreira, entre outros craques. O time se dissolveu e Kubala voltou para a Europa, contratado pelo Barcelona.

O atacante, um dos maiores de todos os tempos de seu país, encantou-se com Ferenc e com a iniciativa dele e de Zé Reis e disputou ao lado de Evaristo um amistoso, convocado às pressas, com a camisa do Rio das Flor. O jogo foi contra o Coroados, e a cidade virou de pernas para o ar porque veio gente de todo lugar para vê-los jogar.

Rio das Flor venceu por 3 a 1, dois gols de Evaristo e um de Kubala. Ferenc chorou copiosamente durante a partida, pois jamais imaginara ver o ídolo Kubala — o outro era Puskas — jogando pelo minúsculo Rio das Flor. Kubala transformara o Barcelona numa sucursal húngara, ao lado de Sándor Kocsis e Zoltán Czibor, craques da seleção vice-campeá do mundo.

Cansado, cada vez mais pesado, com muitas dores nos quadris por causa de um acidente quando dirigia um trator, Zé Reis largou a fantasia de palhaço na Folia Estrela Guia, mas continuou acompanhando-a como cantador. Beirando os cinquenta anos ficava complicado dar piruetas e fazer malabarismos. Não abria mão, porém, de seguir a folia vestindo uniforme caprichado e cantando sem parar.

É hora de agradecer
Os três reis da adoração
Jesus, José, Maria (repete seguido de *Ai, Ai...*)
Os soldados de Herodes
Vocês estão me escutando
Jesus, José, Maria
Tire seus capacetes
Venha cá que eu vou chamar

No início de 1959, enquanto o país saboreava o recente título de campeão mundial de futebol, o basquete subiu ao pódio, no Chile. O time de Wlamir, o Diabo Louro, Amaury e Algodão ganhou o primeiro título mundial para o Brasil.

Zé Reis, amigo de Algodão dos tempos em que morava em Campo Grande, vizinho à Seropédica, onde ficava a fazenda da Patioba, convidou Wlamir (cestinha e melhor jogador do mundial), Pecente (outro campeão do mundo) e o próprio Algodão para passar alguns dias na Forquilha. Os três aceitaram o convite. E, para surpresa geral, mostraram habilidades no futebol. Wlamir, goleiro, Pecente, meia-esquerda, e Algodão, atacante, jogaram amistoso pelo Rio das Flor e fizeram sucesso. Pecente e Wlamir, antes de virarem craques no basquete, jogaram futebol pelo time juvenil do Santos.

O Rio das Flor continuava disputando as ligas Valenciana e Fluminense, mas não era nem sombra de tempos passados, quando dava espetáculo e faturava títulos. Ganhou um suspiro com a chegada de Albert, húngaro de apenas dezessete anos, que veio jogar em Rio das Flores por intermédio da Embaixada húngara, atendendo apelo de Ferenc, que escreveu carta ao embaixador sugerindo intercâmbio de jogadores.

A Hungria enviou Albert, revelação do Ferencvárosi, e o Rio das Flor mandou Tibúrcio, filho de Tiburcinho, para jogar nos juvenis do clube magiar. Albert ficou pouco tempo, mas foi artilheiro da Liga Valenciana esbanjando categoria.

— Esse garoto vai longe — esbravejava Ferenc.

Tibúrcio, nada acostumado com o frio, não jogou uma partida sequer.

Em 8 de novembro de 1959, Zé Reis chorou muito quando soube da morte de Heleno de Freitas, aos 39 anos, em um hospício de Barbacena, onde estava internado fazia tempo. Sabia que o genial craque havia enlouquecido, viciado em éter, um caso sem volta. Era seu ídolo e amigo desde a época em que jogavam futebol de praia em Copacabana. Acompanhou com detalhes a carreira dele, desde os primeiros tempos de Botafogo, passando por Vasco, Boca Juniors e Junior de Barranquilla (quando foi personagem de crônica de Gabriel Garcia Márquez: "... Heleno poderia ser romancista criminal soberbo, pelo seu senso de cálculo, seus movimentos calmos de investigador e seus resultados rápidos e surpreendentes").

A última vez que vira Heleno foi quando ele vestiu a camisa do América, dia 4 de novembro de 1951, no Maracanã, palco da primeira e última vez que o "Príncipe Maldito" pisou no maior estádio do mundo. Heleno era desprezado por todos os clubes, ninguém o queria mais, mas o clube da Tijuca resolveu dar-lhe uma oportunidade.

Zé Reis se mandou da Forquilha especialmente para assistir ao momento histórico. Viu tudo junto à torcida americana na arquibancada. Heleno, completamente fora de si, gordo, quase não pegou na bola, ficou apenas trinta e dois minutos em campo, e foi expulso merecidamente por fazer falta desleal em um zagueiro do São Cristóvão.

Zé Reis pensou em ir ao vestiário falar com Heleno. Desistiu, não teve coragem, com medo da reação do antigo amigo. Tinha consciência de que fora o derradeiro jogo de um dos maiores craques da história do futebol.

E realmente foi a última vez que Heleno entrou profissionalmente em campo. Alguns meses depois dos poucos minutos com a camisa do América, ele foi internado pelo irmão no hospício de Barbacena.

Na noite de sua morte, ao saber da notícia pelo noticiário extraordinário da rádio Nacional, Zé Reis saiu aos prantos caminhando devagar pela estrada de terra que liga a Forquilha a Rio das Flores. Por onde passava o vento soprava forte, agitando o mato, seus olhos faiscavam. Antônio Neto, que a tudo assistia escondido atrás de uma moita, jura que Zé Reis, um lobisomem segundo os colonos, sussurrava "Heleno, Heleno, você era o melhor, Heleno".

A nova capital

Eu não sou índio nem nada/ Não tenho orelha furada/ Nem uso argola/ Pendurada no nariz/ Não uso tanga de pena/ E a minha pele é morena/ Do sol da praia onde nasci/ E me criei feliz/ Não vou, não vou pra Brasília/ Nem eu nem minha família/ Mesmo que seja/ Pra ficar cheio da grana.
"Não vou pra Brasília", Billy Blanco

Juscelino realizava o seu sonho: em 1960 inaugurava Brasília no Planalto Central. O Rio ficou com menos funcionários públicos federais. Sem o Congresso Nacional, a Cidade Maravilhosa se esvaziou de gente engravatada, o que também levou para longe muitos dos responsáveis pelos conchavos políticos.

O Rio curtia o sucesso da bossa nova. Os inferninhos, boates da Zona Sul e gafieiras do Centro fervilhavam. A Zona Sul era *point* dos grã-finos e a praia de Copacabana reconhecida mundialmente como a "princesinha do mar".

Os desfiles das escolas de samba (Portela, que ganhava quase sempre, e a Estação Primeira de Mangueira — eram as maiores campeãs), ranchos, grandes sociedades e grupos de frevo arrastavam multidões na Presidente Vargas.

Dora Jorge, amante de Zé Reis, linda corista do teatro Carlos Gomes, saía como destaque em carro alegórico dos Tenentes do Diabo no desfile das Grandes Sociedades Carnavalescas. As grandes sociedades organizavam bailes nos seus salões. Desde jovem, Zé Reis não perdia um. Pulava Carnaval também no Clube dos Fenianos e no Democráticos.

Todo Carnaval Zé Reis viajava para o Rio e regressava para a Forquilha apenas na quarta-feira de Cinzas. Jandira não reclamava, respeitava seu espírito boêmio e brincalhão e não desconfiava de nada. Zé Reis caía nos braços de Dora Jorge, prima de Zaquia Jorge, vedete de teatro de revista em Madureira, que morreu afogada na Barra da Tijuca e foi homenageada com o sucesso de Carnaval, "Madureira chorou", de Carvalhinho e Júlio Monteiro: "Madureira chorou, Madureira chorou de dor/ quando a voz do destino/ obedecendo ao divino/ a sua estrela chamou".

Os clássicos entre Flamengo, Vasco, Botafogo e Fluminense no maior estádio do mundo arrastavam mais de 100 mil torcedores a cada partida. Desfilavam pelo gramado campeóes mundiais como Nilton Santos, Garrincha, Didi, Amarildo e Zagallo pelo Botafogo; Castilho pelo Fluminense; Belini pelo Vasco (Orlando foi vendido ao Boca Juniors, Vavá ao Atlético de Madrid); Dida pelo Flamengo (Joel foi vendido ao Valência, Moacir ao River Plate); e Zózimo pelo Bangu.

O Jockey Clube lotava nos fins de semana para acompanhar as vitórias do freio paranaense Luiz Rigoni, o "homem do violino", e gritar "Dá-lhe Rigoni, dá-lhe Rigoni!", enquanto ele conduzia os cavalos à linha de chegada. Rigoni, com torcida organizada que levava faixas com seu nome ao Hipódromo da Gávea, enfrentava forte disputa contra os chilenos Osvaldo Ulloa, Juan Marchant e Francisco Irigoyen. Em 1954, Zé Reis assistiu na Gávea à primeira vitória de Rigoni no GP Brasil, montando El Aragonês. Ele costumava ir ao prado em companhia de amigos de Campo Grande, que gostavam mais de turfe do que de futebol.

Mesmo com Brasília na boca do povo, o Rio não perdia o encanto e continuava recebendo turistas estrangeiros em massa.

A inauguração de Brasília provocou confusão. Uma multidão de todos os cantos se transferiu para a nova capital federal no centro-oeste, ainda sem condições de receber muita gente. Vários prédios ainda estavam em construção e ninguém se entendia. Mas as obras dos prédios públicos de Oscar Niemeyer e o plano piloto de Lúcio Costa ganhavam as páginas da imprensa mundial pela ousadia e inovação.

Em lugar do Distrito Federal nasceu o Estado da Guanabara, com Carlos Lacerda pela UDN, eleito governador, superando Sérgio Magalhães, do PTB, por pequena margem de votos.

A bossa nova de Tom, Newton Mendonça e Vinicius ganhava gravações de gente graúda nos States. Surgiam Carlos Lyra, Menescal, Bôscoli e Sérgio Mendes. Silvinha Telles era a voz suave do movimento. O Beco das Garrafas, travessa sem saída na rua Duvivier, em Copacabana, abrigava pequenas casas noturnas (Bottle's, Bacará, Little Club), lotadas de gente que adorava ouvir os jovens talentos da bossa nova.

Zé Reis detestava João Gilberto, achava o fim do mundo um cantor de voz pequena fazer tanto sucesso. Para ele, cantores eram Sílvio Caldas, Orlando Silva e Francisco Alves. Vozes potentes. "Cantor com voz de homem", dizia.

O sucesso do Carnaval foi "Mulata assanhada", de Ataulfo Alves, gravada por Miltinho, *crooner* de voz anasalada da boate Drink's, no Leme. Zé Reis odiava Miltinho, como cantor de Carnaval, e adorava Nuno Roland, João Dias, Jorge Goulart e Francisco Carlos, que também "cantam com voz de homem, possantes".

Na literatura aparecia Carolina Maria de Jesus com *Quarto de despejo*, revelando a miséria de favelados como ela, e Clarice Lispector lançava *A maçã no escuro*, afirmando-se definitivamente entre os grandes escritores do país.

Em 29 de março de 1960, Zé Reis voltou ao Maracanã para fazer companhia ao velho amigo seu Pinheiro, baiano de Itapuã, Salvador. Assistiram ao terceiro e decisivo jogo entre Bahia, bicampeão baiano, e Santos, pelo título da Taça Brasil, o primeiro campeonato de clubes organizado pela CBD, que indicaria o time brasileiro na inédita Taça Libertadores da América. Quinze campeões estaduais participaram do torneio. O Vasco, representante carioca, foi eliminado pelo Bahia. Na decisão, o time baiano venceu o time santista por 3 a 1 — as outras partidas foram Bahia 3 a 2, na Vila Belmiro, e Santos 2 a 0, na Fonte Nova.

Pelé não jogou, operado das amígdalas. Seu Pinheiro desceu aos festivos vestiários, ao lado de Zé Reis, para dar apertado abraço no ídolo Biriba, a quem chamava de Armindo, ponta-esquerda arisco e veloz, amigo de infância nas areias de Itapuã. O tricolor baiano voltou para Salvador coberto de glórias, com direito a desfile em carro de bombeiros e tudo o mais.

Reencontro com Puskas

A canhota de Puskas valia por duas.
Era prodigiosa, na precisão dos
passes e na potência do chute.
Armando Nogueira

Ferenc andava ansioso.

É que o jornal *A Noite*, dos Diários Associados, iniciara campanha para o extraordinário time milionário do Real Madrid jogar um amistoso no Maracanã. A dúvida do empresário José da Gama era se convidava o Vasco, em fase espetacular, ou o Botafogo, jogando o fino, e que tinha Didi, regressado do Real Madrid, onde jogou sem sucesso, devido a desentendimentos com o ídolo argentino Alfredo Di Stéfano, capitão do time espanhol. Seria a revanche para o craque brasileiro.

A ansiedade de Ferenc se justificava. Havia um possível reencontro com Puskas, o seu adorado jogador de futebol.

Deu tudo certo, o Real Madrid enfrentou no Maracanã o Vasco, mais uma vez dirigido por Martim Francisco, e empatou por 2 a 2. Puskas foi o melhor em campo, mas não fez gol. Di Stéfano teve lampejos de craque e o ponta-direita brasileiro Canário, vendido pelo América ao Real, marcou um dos gols. O Vasco estreou Lorico, habilidoso meia-armador que jogava na Portuguesa Santista, e o ponta-esquerda Da Silva, ex-Olaria.

Ferenc foi ao jogo, que recebeu público de 122 mil pagantes e registrou a maior arrecadação em partidas disputadas na América do Sul, e depois jantou em companhia do ídolo no Hotel Glória, matando saudade dos tempos em que o Honved se hospedou lá. Puskas deu-lhe de presente a camisa com que havia jogado.

Caindo pelas tabelas, atolado em dívidas, não conseguindo segurar os talentos, o Rio das Flor estava à beira do abismo. Zé Reis apelou para o Tim, Elba de Pádua Lima, craque do Fluminense e da seleção na Copa de 1938, amigo querido dele e de Zizinho, que se iniciava com sucesso na carreira de técnico e que desejava descansar para tratar de uma bronquite. Fumava três maços de cigarros por dia.

Tim fez revolução no Rio das Flor. Fazia preleções antes e nos intervalos dos jogos do lado de fora do vestiário usando botões ou tampinhas de cerveja. Os torcedores assistiam a tudo boquiabertos. Incrível o poder de Tim para explicar como fazer ou mudar o que não estava dando certo. Ganhou apelido de "O estrategista".

Além do sucesso no campo, Tim dava espetáculo com as panelas. Cozinheiro desde menino em Ribeirão Preto, fazia peixadas, dobradinha, porco no rolete, páreo duríssimo com o pessoal da Fazenda Santo Inácio, a melhor cozinha da cidade.

Depois de levar Rio das Flor ao título de campeão da Liga Fluminense e da Liga Valenciana, o que não acontecia havia doze anos, Tim aceitou convite do Bangu e se foi deixando legião de fãs e amigos na cidade.

O destaque das conquistas de Tim pelo Rio das Flor foi o centroavante Leônidas, apelidado de Leônidas da Selva, porque, meio grosso, caneludo, era o contrário do genial Leônidas da Silva, que jogava como um Deus. Leônidas largou o América para encerrar a carreira em Biguaçu, Santa Catarina. Tinha a cara e o físico do Gregório Fortunato, o Anjo Negro, segurança do Getúlio.

Zizinho, que jogou com ele em 1956 na seleção brasileira nas Taças Osvaldo Cruz e do Atlântico e em amistosos contra Tchecoslováquia e Argentina, o convenceu a passar uma temporada em Rio das Flores para dar força aos amigos Zé Reis e Tim.

Apesar de gordinho e fora de forma, Leônidas foi artilheiro da Liga Fluminense. Marcou gol plantando bananeira contra o Americano, de Campos, como fez na excursão do América pela Turquia, em 1957, quando a bola caiu na área e ele havia passado da jogada. Em ato contínuo, plantou bananeira e alcançou a bola com o calcanhar. A pelota foi parar no fundo das redes. Gol de calcanhar feito de cabeça para baixo.

Leônidas fez igualzinho com a camisa vermelha e branca do Rio das Flor e saiu de campo carregado nos ombros pelos rio-florenses ao final da partida.

Zé Reis dizia a todos, sem medo de vacilar:

— Sem sombra de dúvida, Tim é o maior técnico que já vi. E olha que por aqui passaram Dori Kürschner e Béla Guttmann. E esse Leônidas é o maior doido de pedra do futebol.

Salve o América!

A paixão de Zé Reis pelo futebol não se resumia ao Rio das Flor. Pelo América era maior. Quando o time rubro foi campeão do primeiro campeonato do recém-criado Estado da Guanabara, Zé Reis endoidou.

Com equipe jovem, exceção do goleiro Ari, comprado ao Flamengo, do habilidoso meia João Carlos, ex-Botafogo e Fluminense, do ponta-direita Calazans, vindo do Bangu, e do ponta-esquerda Nilo, ex-Bonsucesso, dirigida por Jorge Vieira, técnico mais moço do que a maioria dos jogadores, o América foi campeão depois de imenso jejum de 25 anos em 18 de dezembro de 1960.

Lamartine Babo, torcedor apaixonado e autor do hino, considerado até por torcedores adversários o mais bonito de todos os clubes — apesar de ser tremendo plágio da canção "Row, Row, Row", composta em 1912 por James Monaco e William Jerome e adotada por remadores de universidades norte-americanas —, desfilou vestido de diabo (símbolo do América) pelas ruas da cidade a bordo de carro conversível, conforme promessa que fizera a amigos.

Também autor de saborosas marchinhas de Carnaval, Lamartine compôs o hino de todos os clubes do Rio de Janeiro, até do Canto do Rio, de Niterói, e era querido porque fazia sucesso com músicas de festas juninas e o programa na Rádio Nacional, *O Trem da Alegria*, ao lado de Heber de Bôscoli e Yara Sales, o famoso Trio de Osso.

Zé Reis se emocionou demais com a vitória de virada por 2 a 1 sobre o Fluminense. Sentiu taquicardia ao comemorar o gol da vitória marcado pelo zagueiro Jorge e foi carregado até a enfermaria do estádio. Depois da partida, recuperado e medicado, comandou a ida de bandinha de música do Maracanã até a sede de Campos Sales, na Tijuca, a três quilômetros dali.

De madrugada, seguiu da Tijuca para o Mourisco com um grupo de amigos, entre eles Oscarito, Max Nunes, Vicente Celestino, Carlos Galhardo, Mário Reis, Sílvio Caldas e Virgínia Lane, todos torcedores rubros, e vestiu camisa do América no Manequinho, réplica da estátua belga do menino mijão, gesto repetido por torcedores toda vez em que o time é campeão.

Jorge Vieira, o zagueiro Jorge, o goleiro Pompeia, o zagueiro e capitão Wilson Santos passaram o fim de semana seguinte na Forquilha a convite de Zé Reis, que os presenteou com cestas de frutas e ovos, além de potes de mel do apiário do Ferenc. Os jogadores foram homenageados com banquete na Fazenda Santo Inácio, com direito a leitoa assada da criação da Forquilha.

VARRE, VARRE, VASSOURINHA

O ano teve eleição presidencial e a dupla Jânio-Jango venceu de barbada. Apesar de Milton Campos ser candidato a vice de Jânio e Jango do marechal Lott.

Podia-se votar no vice, descolado do cabeça de chapa. Mais uma vez Jango, estanceiro gaúcho de São Borja, ex-ministro do Trabalho de Getúlio, venceu como candidato a vice-presidente, para horror dos udenistas, que apoiaram Milton Campos. Jango teve mais votos até do que Lott.

Os integralistas murchavam. Vicente, inconformado, torrou dinheiro apoiando candidatos a deputados em vários estados. Plínio Salgado se elegeu deputado pelo Paraná. Fora ele, quase ninguém foi eleito pelo PRP.

Jânio, paulista, professor de gramática com carreira política meteórica — vereador, deputado, prefeito e governador de São Paulo —, fez campanha como o "homem da vassoura", explorando a repulsa popular aos partidos políticos, usando e abusando de promessas absurdas. O jingle de campanha ficou durante meses martelando na cabeça dos eleitores.

> *Varre, varre, varre, varre vassourinha!*
> *Varre, varre a bandalheira!*
> *Que o povo já tá cansado*
> *De sofrer dessa maneira*
> *Jânio Quadros é a esperança desse*
> *Povo abandonado!*
> *Jânio Quadros é a certeza de um Brasil moralizado!*
> *Alerta, meu irmão!*
> *Vassoura, conterrâneo!*
> *Vamos vencer com Jânio!*

E tomou posse em janeiro de 1961.

O Censo Nacional registrava população de quase 71 milhões, com 15 milhões de analfabetos.

Zé Reis fez muito barulho de noite para chamar a atenção de todos e bateu fortemente o sino. Juntou gente em frente ao engenho. O que estava acontecendo?

Ele queria contar que um homem dera uma volta no espaço. Quis fazer no escuro, para que olhassem o céu estrelado e imaginassem a viagem do astronauta soviético.

— Yuri Gagarin, de 27 anos, é o primeiro a ir ao espaço, a bordo da nave *Vostok 1*. Ele deu uma volta completa ao redor do planeta durante 108 minutos. Impressionante! Está tudo doido. Olhem bem por onde ele passou, lá em cima, pertinho das estrelas!

Zé Reis deu show. Levou luneta, binóculo, lanterna poderosa.

— E pensar que tudo isso começou com um sujeito que viveu pertinho da gente, o Santos Dumont, que passou a infância na Fazenda do Casal, aqui do lado, no Abarracamento. E foi batizado lá na Matriz de Rio das Flores.

Afirmou que mais cedo ou mais tarde o homem chegaria à Lua, conforme havia lido nas revistas. Ninguém acreditou, mas bateram palmas para ele.

Rede da legalidade

O Rio das Flor continuava lutando para sobreviver. Como não havia dinheiro para trazer alguém qualificado, para o lugar do maravilhoso Tim, Ferenc e Zé Reis contrataram Alfredinho, ex-treinador do Coroados, que conhecia como ninguém os meandros da Liga Valenciana e da Liga Fluminense.

Enquanto isso, Jânio, figura estranha, histriônica, era um camaleão. Usava palavras incompreensíveis nos comunicados à nação, como o famoso "fi-lo porque qui-lo", que ninguém sabe ao certo se disse ou não. O certo seria "fi-lo porque o quis".

E meteu o bedelho em coisas inacreditáveis, proibindo o uso de lança-perfumes no Carnaval e de biquíni nas praias, exigindo que se aumentasse o tamanho dos maiôs nos desfiles de misses, lançando trajes para funcionários públicos, estilo safári, extinguindo a briga de galos e vetando corridas de cavalos em dias úteis.

Jânio não se entendia com o Congresso e se comunicava com os subordinados (ministros e funcionários do Palácio da Alvorada) através de bilhe-tinhos manuscritos. Tinha como maior inimigo o golpista de sempre: Carlos Lacerda, que o havia apoiado na eleição com unhas e dentes.

Seis meses depois da posse, Jânio renunciou ao cargo, alegando que "forças ocultas" o derrubavam e não o deixavam governar. Ele tentou uma jogada e se deu mal, pois achava que, renunciando, volta-ria nos braços do povo, que o elegera com mais de 5 milhões de votos. Um golpe, na verdade. "Não farei nada para voltar. Mas considero minha volta inevitável."

O que restou a Jânio foi, trôpego, subir a bor-do de um navio no porto de Santos e zarpar para a Europa.

O vice-presidente João Goulart estava em mis-são na China. Os militares o detestavam. Era o momento propício para impedir sua volta e dar início a uma ditadura militar sob o pretexto de que o comunismo poderia ser implantado no país. Ou então convocar eleições, rasgando a Constituição, para impor os candidatos udenistas, sempre derro-tados no voto popular.

Os militares pressionavam o Congresso para não aceitar a posse de Jango e anunciaram que o prenderiam assim que colocasse os pés em solo bra-sileiro.

O marechal Lott, legalista, não concordou, tentou impedir, foi preso e levado para a prisão na Fortaleza da Lage, entrada da baía de Guanabara.

Foi aí que entrou em campo o gaúcho de Carazinho, Leonel de Moura Brizola, governador do Rio do Grande do Sul, cunhado de Jango. Era casado com Neusa Goulart, irmã dele.

Brizola pôs oito poderosas metralhadoras calibre 30 no terraço do Palácio Piratini, distribuiu revólveres da fábrica Taurus para os assessores, com munição racionada de apenas oito balas, e, através dos transmissores da Rádio Guaíba, transferidos para os porões do palácio, criou a Rede da Legalidade, que transmitia 24 horas por dia, convocando o povo brasileiro a resistir ao golpe e a agir em defesa da Constituição.

> Atenção meus conterrâneos, muita atenção! O governo do Estado resistirá a qualquer tentativa de golpe. Resistiremos com o que estiver ao nosso alcance, vivendo os mandamentos da nossa consciência… Este apelo eu levo a ti, gaúcho do Rio Grande, a ti brasileiro de outros estados, a ti soldado do Brasil, das nossas forças armadas, Exército, Marinha, Aeronáutica. Atentem para a gravidade deste momento. Defendamos a ordem legal, defendamos a Constituição, defendamos a honra e a dignidade do povo brasileiro.

Zé Reis, que adorava Brizola e ouvia seus discursos na Rede da Legalidade pela rádio Mayrink Veiga, não aguentou e se mandou para Porto Alegre, deixando seu Pinheiro em seu lugar. Na capital gaúcha, hospedou-se na casa do jovem jornalista

Tarso de Castro, que conheceu em uma boate em Copacabana meses antes. Foi disposto a tudo. Levou, inclusive, a garrucha cano curto que guardava com carinho no cofre do escritório.

Nos abafados porões do Palácio Piratini, Zé Reis servia cafezinhos, comprava sanduíches para os jornalistas e imprimia em mimeógrafo discursos e recomendações de Brizola ao povo gaúcho, que depois ele mesmo ajudava a distribuir na praça da Matriz, em frente ao palácio.

De vez em quando, Brizola o chamava por intermédio do jornalista Flávio Tavares. Zé Reis acompanhava de perto o movimento improvisado de defesa. Brizola era o único civil que portava uma metralhadora Ina, que aprendeu a manejar ali mesmo pouco tempo antes.

O pessoal da brigada cuidava da parte externa e superior do palácio, onde estavam instaladas as oito metralhadoras, e a parte térrea era responsabilidade dos civis, principalmente jornalistas da assessoria de imprensa. Zé Reis não se separava da garrucha que levara.

Ficava impressionado com o vigor de Brizola. O homem quase não dormia, falava horas e horas ao vivo na Rádio da Legalidade, escrevia textos para o jornalzinho distribuído para a população e ainda conseguia tempo de reunir os assessores e contar histórias bem-humoradas da vitoriosa campanha para governador, principalmente quando se reunia com estanceiros e gaudérios.

Depois de treze dias de tensão — houve ameaças de o palácio ser destruído por aviões da Força Aérea — e de negociações e mais negociações, com o povo gaúcho mobilizado em apoio à legalidade, Jango regressou da China por Porto Alegre como desejava Brizola.

Para frustação dos resistentes ao golpe, principalmente de Brizola, Jango aceitou a adoção do parlamentarismo e foi imediatamente para Brasília tomar posse. Tentou evitar derramamento de sangue em uma guerra civil, justificou ele.

Irritado, Brizola não compareceu. Em represália, preferiu visitar o túmulo de Getúlio Vargas e churrasquear com o povo de São Borja na fronteira com a Argentina.

Também frustrado com o final, Zé Reis despediu-se de Tarso de Castro, de Flávio Tavares e do próprio Brizola, a quem se afeiçoou pelo resto da vida. Trouxe na bagagem um Taurus, calibre 38, novinho em folha, que Brizola distribuiu no palácio.

Joãozinho da Gomeia

Na volta à Forquilha, Zé Reis foi recebido por um raivoso Vicente.

O irmão milionário não podia ouvir os nomes de Jango e Brizola e deu tremendo esporro em Zé Reis, ameaçando-o de demissão. Disse que não permitiria que isso se repetisse e que só não o mandava embora porque não acharia ninguém com tanto conhecimento para administrar uma fazenda do porte da Forquilha.

Naquela época a luz elétrica tinha chegado à fazenda. Até então era gerada pela água represada do açude, fraquinha, mal dava para ler à noite. Precisava colocar lampiões a querosene espalhados pela casa. A água passava por roda de ferro, e depois pela mó, duas pedras duras, circulares, uma em cima da outra, onde se triturava o milho, fazendo o fubá, distribuído de graça aos colonos e que servia também para alimentação de porcos e do gado.

Animado com a eletricidade, Zé Reis comprou uma rádio-vitrola pé palito Phillips para ouvir música e programas da Rádio Nacional. Como mensalmente ia ao Rio, passou a ir à Loja Sears, na praia de Botafogo, comprar discos dos intérpretes preferidos: Frank Sinatra, Bing Crosby, Doris Day e Mario Lanza, além de Luiz Gonzaga.

Zé Reis e Jandira encontravam as filhas Nilza e Helena na Sears, em Botafogo, e lá passavam quase o dia inteiro, divertindo-se nas escadas rolantes (foi a primeira casa comercial a tê-las). A Sears, loja de departamentos copiada dos States, tinha cinco andares, lanchonetes, agência de banco e vendia de tudo, de acessórios para carros a lingerie. Nilza levava os dois filhos, netinhos do casal. Helena, solteira, morava com uma tia, irmã de Zé Reis, em São Cristóvão. Vicentinho eles quase não viam, estava sempre viajando a bordo de algum caminhão.

Zé Reis e Jandira voltavam carregados para a fazenda com brinquedos, doces e balas para distribuir aos filhos dos colonos, acessórios para a caminhonete Vemag, que haviam comprado recentemente, material de escritório, roupas e produtos de beleza.

Antes de voltar à Forquilha, costumavam parar em Duque de Caxias, Baixada Fluminense, e ir ao terreiro de candomblé do babalorixá Joãozinho da Gomeia, o Tatá Londirá, para Jandira tomar passes do guia Caboclo Pedra Preta, que ele incorporava. O baiano Joãozinho, filho de Oxóssi com Iansã (no candomblé), e Mutalambô (no candomblé de Angola) mais afamado pai de santo do Rio de Janeiro, reunia, segundo diziam, "a inteligência do caçador e o raciocínio rápido como um raio".

Zé Reis não acreditava nele, não gostava, levava Jandira só para agradá-la e ficava tomando cerveja nos arredores do centro enquanto ela ficava lá dentro. Jandira voltava para a fazenda na maior felicidade, enquanto Zé Reis bufava por ficar muito tempo esperando. Jandira sempre fazia a mesma pergunta:

— Por que um dia você não entra e acaba com essa história?

Um dia ele entrou. E ficou encantado. O terreiro, pequeno e modesto, era decorado com esmero. Mas recebia gente famosa, como Getúlio Vargas e Juscelino Kubitschek. Joãozinho o acolheu carinhosamente. Zé Reis jamais esqueceu o dia em que conheceu o rei do candomblé, que também se apresentava dançando em teatros e se vestia de mulher, desde 1956, em desfiles de fantasias em bailes de Carnaval. Um negro esguio, enérgico e autoritário com seus "filhos", que transmitia energia boa para Zé Reis e Jandira.

Desse dia em diante, o casal sempre que ia ao Rio não deixava de passar no terreiro de Joãozinho em Duque de Caxias.

Seleção em Rio das Flores

Aos 43 anos, Jango ia tocando aos trancos e barrancos o governo parlamentarista, comandado por Tancredo Neves, tentando driblar a inflação com Celso Furtado como ministro da Fazenda, cujo lema era: "Se os preços subirem, eu aumento os salários".

A direita, apoiada pelos militares, olhava Jango com ódio, preparando a hora de dar o bote golpista, enquanto a esquerda — comunistas, ligas camponesas, UNE, sargentos, fuzileiros navais, partidos — pressionava o governo a executar as reformas de base, começando pela reforma agrária.

O cinema brasileiro ganhava a Palma de Ouro em Cannes com *O pagador de promessas*, de Anselmo Duarte, galã das chanchadas; Norma Bengell exibia pela primeira vez no cinema nacional o nu frontal em *Os cafajestes*, do moçambicano Ruy Guerra.

No cineminha de Rio das Flores, o Cine Teatro Santa Thereza, instalado em um galpão que pertencia a Vicente Meggiore e onde se espremiam setenta pessoas em bancos de madeira, eram exibidos filmes de o Gordo e o Magro, do seriado *Flash Gordon no Planeta Mongo* e os últimos lançamentos de Joselito, ator e cantor infantil espanhol. O filme que bateu recorde de bilheteria e obrigou o dono, seu Vertúlio, a passar três sessões em vez de uma no sábado foi *Marcelino pão e vinho*, com o garoto prodígio espanhol Pablito Calvo.

O que provocou maiores comentários na cidade foi *Casablanca*, famosíssimo drama romântico com Humphrey Bogart, Ingrid Bergman e o grande ator austro-húngaro Peter Lorre fazendo uma ponta. A direção foi do húngaro Michael Curtiz.

Ferenc conseguiu também latas de *As aventuras de Robin Hood*, com Errol Flynn, com auxílio da Embaixada da Hungria, que tinha em seu acervo filmes de Michael Curtiz. Ele se orgulhava de o compatriota fazer filmes maravilhosos, apesar de produzidos por Hollywood.

Os heróis nos esportes eram Éder Jofre, campeão mundial de boxe; Maria Esther Bueno, campeã em Wimbledon; Amaury e Wlamir, campeões mundiais de basquete; Biriba, craque no tênis de mesa; Adhemar Ferreira da Silva, medalhista olímpico no salto triplo; Manoel dos Santos, medalhista na natação; Carlson Gracie na luta livre e no jiu-jítsu; Chico Landi, no automobilismo; e Szabo no polo aquático.

Aladar Szabo era um fenômeno. Sujeito parrudo, invocado. Fugido da Hungria por causa da invasão soviética, rumou para a Itália, onde teve problemas e aceitou convite para jogar no Fluminense. Transferiu-se logo depois para o Botafogo, e virou ídolo de Zé Reis, que chegou a treinar polo aquático no Clube dos Aliados, em Campo Grande. Szabo naturalizou-se brasileiro e tornou-se o maior jogador já visto no país. As arquibancadas das piscinas ficavam lotadas para vê-lo em ação.

A bossa nova dava as cartas. "Garota de Ipanema" virara febre.

Para a campanha no Chile, quando o Brasil tentaria o bicampeonato, Aymoré Moreira assumiu o lugar de Vicente Feola, adoentado. Os treinamentos foram marcados para Campos do Jordão, Nova Friburgo e Serra Negra, mas a comissão técnica ainda procurava outro lugar, com clima ameno e seco.

Zé Reis, sabedor da procura, enviou carta para Paulo Amaral, preparador físico da comissão técnica, sugerindo que a seleção ficasse em Taboas, distrito de Valença, a quinze minutos de Rio das Flores, cidadezinha que se orgulhava de ser o terceiro melhor clima do país. Nunca se soube onde eram os dois melhores climas.

Havia excelente hotel fazenda e os treinos poderiam ser realizados no estádio Prefeito Antônio Farid, campo do Rio das Flor, em excelente estado de conservação. Paulo Amaral se interessou e enviou dois integrantes da comissão para checar as informações. E não é que a sugestão de Zé Reis foi aprovada!

Depois que saiu de Nova Friburgo, a seleção passou pelo Rio e, antes de viajar para a cidade paulista de Serra Negra, se hospedou no Grande Hotel de Taboas.

A região endoidou!

Os treinos foram acompanhados por uma multidão de pessoas de outras cidades e centenas de jornalistas. O prefeito Farid pediu ajuda ao Batalhão de Polícia Militar de Valença e ao quartel do Exército de Barra do Piraí para manter a ordem.

A delegação brasileira levou 41 jogadores para Taboas (vinte paulistas, dezenove cariocas, sendo dois do América, Djalma Dias e o lateral Ivan, e dois gaúchos). Realizou em Rio das Flores três treinos coletivos (dois fechados e um com público pagando ingresso) e quatro de preparação física. Todas as manhãs os preparadores obrigavam jogadores a subir e descer os morros íngremes em volta da cidade.

O estádio foi preparado especialmente para os treinos da seleção. Acanhado, não cabia muita gente. Com a possibilidade de fazer dinheiro com a passagem dos craques, o prefeito tomou providências, pegando cadeiras emprestadas com as prefeituras vizinhas, e cobrou entrada de quem subia os morros com a intenção de ver o treino.

O coletivo foi sucesso de público e de arrecadação. Os altos preços dos ingressos não assustaram o público, que compareceu em grande número, ocupando as dependências do Estádio Antônio Farid e os morros próximos que possibilitavam visão do campo.

Festa na Forquilha

Antes de seguir para Serra Negra, os jogadores visitaram a fazenda da Forquilha. Zé Reis organizou direitinho.

Andaram de carro de boi, a cavalo, de charrete, tiraram leite de vaca, conheceram o alambique, participaram de missa na capela Nossa Senhora da Glória e se esbaldaram com banquete preparado por Jandira e pelo pessoal da Santo Inácio. Os médicos deram sinal verde e o almoço teve leitão a pururuca, feijão-tropeiro, feijão-preto, couve, angu, torresmo, arroz branco soltinho, farofa de ovo e linguiça mineira.

Gilmar, Castilho, Djalma Santos, Belini, Mauro, Zózimo, Nilton Santos, Zito, Mané Garrincha, Didi, Vavá, Pelé, Zagalo e Pepe, campeões do mundo na Suécia, estavam ali — além do técnico Aymoré Moreira, do preparador físico Paulo Amaral, do médico Hilton Gosling, do supervisor Carlos Nascimento, do dentista Mário Trigo e auxiliares, como o massagista Mário Américo, o roupeiro Assis e o sapateiro e cozinheiro Aristides.

Fazendeiros vizinhos, moradores de Rio das Flores e colonos de outras fazendas ficaram agitados, foram de tudo quanto é jeito ver de perto os craques para tirar fotos, pedir autógrafos. A fazenda nunca recebeu tanta gente, nem no casamento de Zé Reis e Jandira.

Para quem morava na região parecia coisa do outro mundo. Como os campeões do mundo foram parar ali? Só Zé Reis era capaz de realizar tal proeza, dizia o amigo Ferenc, entusiasmado com a presença dos craques.

Mané Garrincha estava à vontade, nem quis almoçar. Preferiu pescar no açude ao lado do compadre Nilton Santos. Sem camisa, descalço, sentia-se em Pau Grande, cidade na Raiz da Serra, subida para Petrópolis, onde nasceu. No açude só havia peixe pequeno, mesmo assim Mané pescou uma tilápia de seiscentos gramas, que imediatamente devolveu às águas barrentas.

Mané se encantou com o lugar. Enquanto pescava, viu passar capivaras, garças, inhambus. Mesmo com o barulho que as maritacas faziam nos céus, ouvia-se canto de sanhaços e bem-te-vis. Zé Reis sabia que Mané adorava passarinhos e deu-lhe um coleiro de peito marrom, faixa preta no pescoço, comum na região da Forquilha.

Pelé era o mais assediado. Não se negava a dar autógrafos e conversar com os colonos e fazendeiros. Sempre alegre, pegou emprestado o violão de Ozires e, acompanhado de Jorge na sanfona e Delviro no pandeiro, tocou depois do almoço algumas músicas de sua autoria.

Outro que se sentia à vontade era Crermano, ponta-esquerda do Flamengo. Parecia ter sido criado ali. Zé Reis demonstrava carinho especial por ele. Crermano nasceu na região, em Entre Rios, próximo a Rio das Flores, divisa com Minas. Antes de jogar no infantojuvenil do Flamengo, bateu bola com meninos do Rio das Flor, levado pela mãe, Aparecida, com parentes na cidade.

Zé Reis e Ferenc aproveitaram e tiraram fotos dos craques com a camisa vermelha e branca do Rio das Flor. Até Vicente Meggiore, nada chegado a futebol e que queria distância de jogador, apareceu para cumprimentar os atletas e desejar boa sorte na Copa do Chile. Era amigo do chefe da delegação, o marechal da vitória Paulo Machado de Carvalho, que não foi à fazenda, e de João Havelange, presidente da CBD, que estava na Europa.

A seleção foi embora e o assunto na cidade durante muito tempo foi a passagem dos jogadores. Não havia um rio-florense que não tivesse foto ou autógrafo de algum craque.

Tatá ampliou enorme foto dele com Pelé e Garrincha e colocou em lugar de destaque no bar, em frente à praça principal Marechal Deodoro; Zacarias, chefe da estação, pôs uma com Didi na sala do telégrafo; e até o padre, dom Severino, que substituíra dom Martinho na paróquia, pendurou na sacristia foto ao lado de Gilmar, Castilho, Laércio e Valdir de Moraes, os quatro goleiros convocados. Dom Severino jogava no gol em peladas que disputava com os fiéis. Levava jeito para a coisa.

Passadas poucas semanas, Zé Reis e Ferenc organizaram exposição na acanhada sala de troféus do Rio das Flor, ao lado dos vestiários do estádio. Puseram numa parede fotos dos campeões do mundo que iam para o Chile tentar o bicampeonato, destaque para Pelé e Mané.

Em outra parede penduraram fotos de famosos que atuaram com a camisa do Vermelho e Branco: Zizinho, Jair Rosa Pinto, Gradim, Kubala, Evaristo, Ely e Osni do Amparo, Genuíno, Leônidas da Selva, Pompeia, Osvaldo Topete, Maneco e o jovem Flórian Albert. Além de Broa, Rubinho, Gaia e Tiburcinho, ídolos eternos da torcida rio-florense.

Um canto especial foi reservado para Puskas, que nunca jogou pelo Rio das Flor, mas visitou Rio das Flores e tirou foto com a camisa do time.

Houve espaço para os técnicos Dori Kürschner, Béla Guttmann, Gentil Cardoso, Ladanyi, Martim Francisco, Tim, Plácido Monsores, Mándi, Osni do Amparo, Jorge Vieira, João Avelino e também para Zé Nelson, Zé Nelsinho e Alfredinho.

Zé Reis fez discurso emocionado durante o coquetel. Lembrou dos 24 anos de luta e sacrifício para manter o Rio das Flor, agora decadente pela verba cada vez mais minguada doada pela prefeitura e também porque os fazendeiros já não contribuíam como nos velhos tempos. Chegou às lágrimas.

Ferenc achou Zé Reis melancólico. A fala deu impressão de que o Rio das Flor fecharia as portas imediatamente e que ele se despedia em troca de vida mais tranquila na Forquilha, não se preocupando mais com pagamentos, dívidas, transferências de jogadores, limpeza e conservação do estádio.

Vida tranquila na Forquilha era o que Zé Reis não tinha mais.

Adoentado depois de sofrer um infarto, Vicente passou o comando da fazenda para o filho Osmarino, um porra-louca completo. Gastava com farras, carros de luxo e bebidas em boates na noite carioca. Quando ia à fazenda, era para se exibir para namoradas e amigos. Não dava bola para os problemas dos colonos. Zé Reis sofria nas mãos do sobrinho.

Apesar do Rio das Flor ir de mal a pior, um jogador do time, porém, chamava atenção e arrastava torcedores aos campos. Era o menino Eduardo, apelidado Tostão, de apenas quinze anos, emprestado pelo Cruzeiro, que o havia contratado do América e queria que pegasse experiência longe de Belo Horizonte. Foi o mais jovem jogador a vestir a camisa do time rio-florense. Disputou dez jogos e marcou quinze gols. Pena que o time não o ajudasse muito.

A última emoção

Ao contrário das outras vezes, em que ouvia partidas das Copas ao lado de Ferenc ou no bar do Orestes, Zé Reis foi para o bar do Genésio.

Ferenc, mais uma vez, não estava ligando para a Copa. Sabia que a Hungria não teria chances de ir longe na competição. Tinha curiosidade em saber como o jovem atacante Albert se sairia, pois passou por Rio das Flores quando jovem, e como o veterano goleiro Gyula Grosics, o Pantera Negra, iria se virar aos 36 anos, depois de participar de outras duas Copas.

Genésio, antigo colono da fazenda, deu salto na vida criando rãs e vendendo ração e sementes. Decorou com carinho o bar, aumentou o estoque de cerveja, que conservava gelada em barris de madeira com pedras de gelo e serragem por cima, e contratou cozinheira da Santo Inácio para fritar rãs, bolinhos de aipim, linguiça e torresmo. Pendurou bandeirinhas verdes e amarelas na frente e no interior do bar. Chamou Jorge para tocar sanfona e Delviro para tocar pandeiro. Estocou rojões para estourar quando a seleção fizesse gols.

Zé Reis e a turma ouviram pela voz de Jorge Curi e comentários de Ruy Porto da Rádio Nacional a estreia vitoriosa da seleção contra o México por 2 a 0, gols de Zagalo e Pelé. Ele vibrou, gostou da farra no bar. Encontrou velhos conhecidos, tomou cerveja e voltou feliz para casa, prometendo regressar na próxima partida, contra a Tchecoslováquia.

A pedido dos colonos e de Jandira, Zé Reis acompanhou o jogo contra os tchecos na fazenda, em frente ao escritório, ao lado do alambique. O pessoal gostava de ouvir os seus comentários, achavam que entendia muito de futebol depois que conviveu com técnicos e jogadores importantes. A partida ficou no 0 a 0 e Zé Reis não gostou. Ficou preocupado com a contusão de Pelé, que terminou a partida se arrastando em campo, sem andar direito.

Era dia 6 de junho de 1962. Para o jogo contra a Espanha, Zé Reis voltou ao bar do Genésio. A preocupação era imensa porque Pelé não jogaria e havia do outro lado Puskas, ídolo do Ferenc, que com a canhota magistral podia nos ferrar. Craque que Zé Reis conheceu de perto quando assistiu aos seus jogos pelo Honved no Maracanã e depois quando visitou Ferenc em Rio das Flores. Tinha fotos com ele.

A partida foi tensa. A Espanha abriu o marcador e a seleção não jogava bem, principalmente Didi, cérebro da equipe. O primeiro tempo terminou em 1 a 0 para os espanhóis, gol de Adelardo. Mas o juiz chileno deu uma mãozinha para a vitória brasileira. Houve pênalti escandaloso de Nilton Santos em Collar que o juiz marcou fora da área. Na cobrança da falta, Puskas cruzou e Peiró fez gol de bicicleta. O juiz Sérgio Bustamante anulou, alegando "jogo perigoso".

No segundo tempo, brilhou a estrela de Amarildo, o *Possesso*, e ele resolveu a parada. Empatou aos 27 minutos aproveitando cruzamento de Zagalo da esquerda e, faltando pouco para o fim, aos 41 minutos, fez o gol da vitória, depois de grande jogada de Garrincha pela direita. Amarildo, jovem atacante de Campos dos Goitacazes, calou a boca do argentino Helênio Herrera, treinador da Espanha, que quando soube que Pelé não jogaria, falou:

— Sem Pelé o Brasil fica muito fraco. Quem é Amarildo?

A euforia no Genésio foi enorme. Além das cervejas, a turma entornou o que tinha pela frente: vermute, cachaça, vinho de garrafão e até cidra. Zé Reis não era de encher a cara, mas empolgado com a vitória suada sem Pelé e com Mané endiabrado, tomou umas a mais. Não foi de carro, preferiu ir montado no Big Boy, filho de Ciclone, neto do Pingo, manga-larga marchador domado havia pouco tempo.

Ele se despediu eufórico da turma que permanecia no bar, deu abraço apertado em Genésio, subiu com dificuldade no lombo de Big Boy, preso com outros cavalos no tronco do lado de fora, em frente à varanda enfeitada das samambaias.

Big Boy se assustou com os rojões, se incomodou com meia dúzia de cachorros que o atiçavam e ciscou meio de lado, recuando e tentando coicear um deles.

Zé Reis não se segurou no arreio e foi ao chão. Bateu com a cabeça numa pedra.

Ficou ali, estatelado, sangrando muito, inerte. Genésio saiu em desespero, acompanhado pelo pessoal do bar. Rapidamente o colocaram em um carro e o levaram para Valença, a uma hora dali. Não havia mais o que fazer. Zé Reis chegou sem vida ao hospital.

Tombara morto diante do santuário da escrava Teresa, enterrada ali fazia mais de 150 anos e que ficava exatamente em frente ao bar.

O velório foi na capela de Nossa Senhora da Glória, na casa-grande da Forquilha, onde se destacava belíssima imagem de São Vicente de Paulo com dois infantes em madeira esculpida, policromada e dourada.

Uma multidão compareceu. A cidade de Rio das Flores foi em peso. O comércio fechou as portas em sinal de luto. O vigário, o chefe da estação, o prefeito e os jogadores do Rio das Flor, além de Jorge Vieira, os irmãos Ely e Osni do Amparo, compareceram.

Béla Guttmann, Martim Francisco e a Embaixada da Hungria enviaram coroa de flores. Zizinho, Jair Rosa Pinto, Plínio Salgado e Leonel Brizola também. Ferenc estava inconsolável.

Na manhã seguinte, puseram o caixão em um dos carros de boi do seu Vitorino, carreiro chefe da fazenda. O carro, com três juntas de bois, transportou o corpo pela estrada poeirenta da sede da Forquilha até o pequeno cemitério, vizinho ao bar do Genésio e do campinho de futebol, distrito do Abarracamento, onde são enterrados os colonos da fazenda.

Desde 7 de junho de 1962, ali jaz José Ignácio dos Reis.

Dez dias depois o Brasil sagrou-se bicampeão mundial de futebol ao vencer a Tchecoslováquia por 3 a 1, gols de Amarildo, Zito e Vavá, depois de passar por Inglaterra (3 a 1) e Chile (4 a 2), O atacante Albert foi artilheiro da Copa com quatro gols e considerado o melhor jogador jovem da competição. A Hungria foi eliminada pela Tchecoslováquia nas quartas de final.

Um mês depois, o Campo Grande, com os veteranos Barbosa no gol e Dequinha e Décio Esteves, estreava na primeira divisão do campeonato carioca, vencendo por 1 a 0 o poderoso Botafogo, no Maracanã.

Quatro meses depois, o Santos goleou o Benfica por 5 a 2, no estádio da Luz, em Lisboa, três gols de Pelé, conquistando o título mundial de clubes. Havia vencido a primeira partida um mês antes, por 3 a 2, no Maracanã.

Um mês depois do título mundial do Santos, o Botafogo de Didi, Nilton Santos, Garrincha, Amarildo e Zagalo, campeões no Chile, sagrava-se bicampeão carioca.

No final do ano, Zizinho pendurou as chuteiras jogando pelo Audax, time de Santiago do Chile, onde foi jogador e técnico. Jair Rosa Pinto jogou por mais um ano na Ponte Preta, encerrando a carreira aos 44 anos. O Rio das Flor fechou o ano perdendo a final da Liga Valenciana para o Coroados e em oitavo lugar na Liga Fluminense.

Com a morte de Zé Reis, Jandira ficou por pouco tempo na Forquilha. Mudou-se para uma casinha de pau a pique e telhado de palha no quilombo São José da Serra, município de Valença, na serra da Estrela, onde nasceram sua mãe Maria e a tia Clementina. Lá, se divertia com as festas de jongo, capoeira e rodas de samba. E foi responsável durante anos pelo preparo da feijoada do Dia do Jongo, entre 15 e 16 de maio, quando é acesa imensa fogueira em homenagem aos orixás. Sete anos depois, em 1969, depois de luta tenaz contra um câncer no pulmão, faleceu.

Epílogo

Outro dia, passando por Rio das Flores a caminho de Juiz de Fora — que fica a uma hora e meia de lá —, encontrei Janos, filho único de Ferenc. A mãe dele, Bernarda Farid, velhinha, ainda mora na cidade, ao lado do novo marido, o único dentista local, e de dois outros filhos já crescidos.

Janos mora na chácara em que Ferenc viveu por trinta e tantos anos, mas não cultiva flores nem tem apiário. É comerciante no centrinho, dono de armazém que vende um pouco de tudo. De ração para passarinho a tênis de marca.

A chácara fica no fim de uma estradinha de terra. Aberta a porteira, deslumbra-se o bem cuidado jardim, com flores de laranjeiras, assa-peixes, begônias e arbustos dos dois lados do caminho que leva à casa principal, distante uns trezentos metros e perfumada também por enormes eucaliptos. Na frente da confortável varanda há a estátua de 1,72 m de um jogador com uniforme da seleção húngara de 1954 com uma bola nas mãos. É Ferenc Puskas!

Homenagem ao xará Ferenc, que em 528 jogos marcou 512 gols. Leve-se em conta que, antes de se transferir para o Real Madrid, Ferenc Puskas passou dois anos suspenso pela Fifa. Morreu pobre aos 79 anos, com Alzheimer, em hospital de Budapeste. O enterro do maior jogador húngaro de todos os tempos parou o país e a cerimônia, transmitida ao vivo, emocionou torcedores de todo o mundo.

Depois que Puskas pisou na chácara, Ferenc fez estátua do tamanho do craque e a colocou no lugar onde os dois tiraram foto juntos, relíquia que o filho Janos mantém emoldurada na sala da casa.

Perguntei sobre Ferenc, e Janos revelou que o pai morreu de ataque cardíaco dois anos depois de Zé Reis, em 1964, dias antes do golpe militar que derrubou Jango e instalou a ditadura, os anos de chumbo.

Já não conseguia tocar sozinho o Rio das Flor, inviável rapidamente depois da morte de Zé Reis. Pouco antes de morrer, aos sessenta anos, o clube faliu, o que o deixou profundamente abatido e desgostoso. Talvez até, disse Janos, tenha acelerado a sua morte.

— E Zé Reis? O que você sabe sobre ele?

— Eu o conheci bem. Tinha uns quinze anos quando ele morreu. Figuraça!

— Ainda lembram dele por aqui?

— Os mais velhos, sim. Ele deixou muitas marcas pelo mundo afora.

— Como assim, pelo mundo afora?

— Pois é, Zé Reis era mulherengo. Teve filhos fora do casamento. É pai do jogador que atuou no Flamengo e no Palmeiras e até na seleção, o Crermano, que quando atuava na Itália, se não me engano na Juventus, teve caso com uma condessa riquíssima. Foi obrigado a fugir com ela para o Brasil.

— Sabia do caso, mas não imaginava que fosse filho dele.

— Outro filho é o Benitez, que jogou no Flamengo no tricampeonato de 1953, 1954 e 1955 e na seleção paraguaia. Nasceu no Paraguai porque a mãe fugiu e teve o menino lá. Zé Reis trouxe a moça do Rio de Janeiro e a sustentava sem que Jandira soubesse. Era sua antiga namorada na fazenda da Patioba. Benitez foi artilheiro do Campeonato Carioca de 1953 com 22 gols, levado pelo Solich, O Feiticeiro, técnico paraguaio que fez nome na Gávea.

— Mas que coisa, hein?

— Agora corre a notícia de que o jovem atacante do Flamengo que foi vendido a peso de ouro a um time da Espanha é bisneto dele. A bisavó foi colona da Forquilha.

— Você por acaso sabe quem fincou a cruz no local em que ele morreu com a frase "o futebol deve muito a ele" na estradinha pelos lados da Forquilha?

— Fomos eu e meu pai. Gostávamos muito dele. Meu pai ficou abalado. Foi o seu maior amigo e confidente. Zé Reis nunca chutou uma bola, era gordinho e sem jeito para jogar, mas nunca vimos sujeito tão fanático por futebol.

— E a fazenda da Forquilha, o que aconteceu com aquela preciosidade?

— O filho de Vicente, um doidivanas, vendeu a fazenda para criadores de gado a troco de banana depois da morte do pai. Não preservaram nada, tudo praticamente desabou. A casa-grande existe, sem uso, abandonada, com tremendo furo no telhado, virou moradia de morcegos. Dá dó passar por lá e ver aquele monumento destruído.

Eu também gostava muito de Zé Reis, não aquele a quem o futebol deve muito, mas o que morou na Patioba, administrou a Forquilha que pertencia ao riquíssimo irmão integralista Vicente, o Zé Reis que gostava de cavalos e frutas, era amigo dos ciganos, que teve os filhos Nilza, Vicentinho e Helena, aquele que nasceu em Matias Barbosa e torcia pelo Campo Grande e pelo América... mas não ligava para futebol.

— Se ele era baixinho, gordinho, nenhum galã, por que as mulheres se apaixonavam por ele?

— Pelos imensos olhos verdes, certamente!

Zé Reis era meu avô.

Fontes e referências

Caro leitor, esta é uma ficção que contém inúmeras citações, diretas e indiretas, aos livros, jornais, entrevistas etc. que li, acontecimentos que me foram contados ou episódios que vivi. Tentei destrinchar todas essas referências, e me desculpo desde já por qualquer omissão ou esquecimento.

A citação de Getúlio Vargas que abre o capítulo "Pontapé inicial" foi retirada do suplemento especial da *Revista do Globo*, de agosto de 1950. E as das pp. 25-6 foram retiradas do 5º volume de seu livro *A nova política do Brasil* (Rio de Janeiro, José Olympio, 1941, p. 123). Na p. 58, a citação é de "Copa de 1938: rádio, festas nas ruas, cinema", de Plínio Labriola Negreiros, disponível no site Ludopédio: <www.ludopedio.com.br/arquibancada/ copa-de-1938-radio-festas-nas-ruas-cinema-torcen- do-pelos-bravos-legionarios/>.

A excursão da morte aos confins da Amazônia realmente aconteceu com o time do Santa Cruz do Recife. Parte do que contei pode ser encontrada na reportagem "A excursão da morte", publicada pela revista *Placar*, n. 505, em dezembro de 1979. Para a frase de Leônidas da p. 91, ver: Denaldo Alchorne de Souza, *O Brasil entra em campo!* (São Paulo, Annablume, 2008).

A citação de Carlos Lacerda que abre o capítulo "Frente a frente com Gegê" é de junho de 1950, e saiu na *Tribuna da Imprensa*. A marchinha sobre a volta de Getúlio "Bota o retrato do velho outra vez!" é de Haroldo Lobo e Marino Pinto, gravada por Francisco Alves. Na p. 112, confira as palavras de Mário Filho no *Jornal dos Sports* de 16 de maio de 1947, em "Basta boa vontade para que surja o estádio nacional".

A conversa de Zé Reis e Zizinho na Forquilha, do capítulo "Zizinho de surpresa", foi baseada na reportagem da *Placar* de 19 de junho de 1970, "A dor de Zizinho", e no capítulo 9 de *Dossiê 50*, de Geneton Moraes Neto.

A receita de *goulash* da p. 70 é da avó da Andrea Kaufmann e está disponível na página do Panelinha: <www.panelinha.com.br/receita/Goulash>. Já o strudel de pera e gengibre está disponível no Facebook da Andrea. A receita de chimichurri é da chef Paola Carosella, disponível no site do *Estadão*: <https://paladar.estadao.com.br/noticias/receita,chimichurri,10000012498>.

O manifesto de Vicente Meggiore do começo do capítulo "Carmen Miranda e Gegê" é basicamente o discurso que Vicente Meggiolaro, vice-

-presidente do PRP, dirigiu ao povo brasileiro através da Rádio Copacabana e Rádio Globo nos dias 13 e 14 de setembro.

A reportagem que aborreceu Zé Reis logo no início do capítulo "Excursão maluca" é de Mauro França e se refere ao Bela Vista ("A excursão do Bela Vista à Europa", 4 de janeiro de 2009, disponível em: <http://paginasheroicasdigitais.com.br/blog/a-excursao-do-bela-vista-a-europa/>). A propósito, é importante ressaltar que incorporei vários trechos desse texto ao longo do capítulo.

Na p. 172, os conselhos de Zé Reis sobre a hora certa de colher e comer frutas foram retirados do artigo "Um guia para identificar quando uma fruta está madura", de Catarina Pignato, do *Nexo* de 12 setembro de 2016. Na p. 217, a citação sobre Joãozinho da Gomeia foi tirada de uma reportagem da *Carta Capital* (Ana Carolina Pinheiro, "Joãozinho da Gomeia, o rei do candomblé", 25 de junho de 2018).

Por fim, gostaria de destacar os textos de João Máximo em *O Globo* sobre as Copas do Mundo e os de Miguel Lourenço Pereira, na revista *Corner*. Além dos já citados, deixo aqui a lista dos livros que mais consultei.

ASSAF, Roberto; MARTINS, Clóvis. *História dos campeonatos cariocas 1906-2010*. Rio de Janeiro: Maquinária, 2010.

CARVALHO, José Cândido de. *O coronel e o lobiso-mem*. São Paulo: Companhia das Letras, 2014.

CUNHA, Orlando; VALLE, Fernando. *Campos Sales, 118*. Rio de Janeiro: Laudes, 1972.

MÁXIMO, João. *Maracanã:* meio século de paixão. Rio de Janeiro: DBA, 2000.

_____; CASTRO, Marcos de. *Gigantes do futebol brasileiro*. Rio de Janeiro: Civilização Brasileira, 2011.

MELLO, Zuza Homem de. *Copacabana*. São Paulo: Editora 34, 2017.

MORAES Neto, Geneton. *Dossiê 50*. Rio de Janeiro: Maquinária, 2013.

NETO, Lira. *Getúlio:* da volta pela consagração popular ao suicídio. São Paulo: Companhia das Letras, 2014.

_____. *Uma história do samba*. São Paulo: Companhia das Letras, 2017.

RIBEIRO, André. *O Diamante Negro*. São Paulo: Cia. dos Livros, 2010.

RIBEIRO, Darcy. *Aos trancos e barrancos*. Rio de Janeiro: Guanabara Dois, 1986.

SCHWARCZ, Lilia M.; STARLING, Heloisa. *Brasil, uma biografia*. São Paulo: Companhia das Letras, 2015.

TAVARES, Flávio. *1961, o golpe derrotado*. Porto Alegre: L&PM, 2012.

TRAJANO, José. *Procurando Mônica, o maior caso de amor de Rio das Flores*. São Paulo: Paralela, 2014.

ESTA OBRA FOI COMPOSTA PELA ABREU'S SYSTEM EM ADOBE GARAMOND
E IMPRESSA EM OFSETE PELA LIS GRÁFICA SOBRE PAPEL PÓLEN SOFT
DA SUZANO S.A. PARA A EDITORA SCHWARCZ EM JUNHO DE 2021

A marca FSC® é a garantia de que a madeira utilizada na fabricação do papel deste livro provém de florestas que foram gerenciadas de maneira ambientalmente correta, socialmente justa e economicamente viável, além de outras fontes de origem controlada.